CUENTOS DE INTRIGA Y TERROR

EDGAR ALLAN POE

Cuentos de intriga y terror

Mestas
ediciones

CLÁSICOS UNIVERSALES

EDICIÓN ÍNTEGRA

Título original: *The Purloined Letter*, 1844. *The Pit and the Pendulum*,
                   1842. *Berenice*, 1835. *Ligeia*, 1838. *The Fall of the
                   House of Usher*, 1839. *The Black Cat*, 1843.
                   Manuscript Found in a Bottle, 1833.
                   The Premature Burial, 1844

© De la traducción: Joseph Club
© Diseño cubierta: Felipe Torrijos
Ilustración cubierta: Mathis Grünewald,
                   The Temptation of St. Anthony, 1512-1516
© De la colección: Proyectos Ánfora, 1999
© De esta edición: JORGE A. MESTAS, Ediciones Escolares, S. L.
                   Avenida de Guadalix, 103
                   28120 Algete (Madrid)
                   Tel. 91 886 43 80
                   Fax: 91 886 47 19
                   E-mail: jamestas@arrakis.es
                   www.mestasediciones.com

ISBN: 978-84-89163-40-9
Depósito legal: M-49752-2007
Impreso en España por: Melsa
Carretera de Fuenlabrada a Pinto, km. 21,8
28320 Pinto - Madrid
Printed in Spain - Impreso en España

Primera edición: *marzo 1999*
Segunda edición: *mayo 1999*
Tercera edición: *junio 2000*
Cuarta edición: *febrero 2002*
Quinta edición: *marzo 2005*
Sexta edición: *diciembre 2007*

INTRODUCCIÓN

Voy a exponer una idea del carácter general que domina las obras de Edgar Poe. En cuanto a hacer un análisis de todas, a menos de escribir un volumen, sería cosa imposible, porque este hombre singular, a pesar de su vida desordenada y diabólica, ha producido mucho. Poe se presenta bajo tres aspectos: crítico, poeta y novelista; también en el novelista hay un filósofo.

Cuando fue llamado a la dirección de *Southern Literary Messenger* se estipuló que recibiría dos mil quinientos francos por año. A cambio de este sueldo, muy bajo, debía encargarse de leer y seleccionar los artículos destinados a componer el número del mes, y redactar la parte llamada *editorial,* es decir, un análisis de todas las obras aparecidas y un juicio de todos los hechos literarios. Además, publicaba con mucha frecuencia una novela corta o un poema. Desarrolló esta tarea durante unos dos años, poco más o menos. Gracias a su activa dirección y a la originalidad de su crítica, *Southern Literary Messenger* atrajo pronto la atención del público. Tengo aquí, ante mí, la colección de los números de esos dos años: la parte *editorial* es considerable; los artículos son muy extensos A menudo, en el mismo número se encuentran recensiones de una novela, de un libro de poesía, de un libro de medicina, de física o de historia. Todas están hechas con el mayor cuidado y denotan en su autor un conocimiento de las diferentes literaturas y una aptitud para las ciencias que recuerda a los escritores franceses del siglo XVIII. Parece que durante sus pasadas miserias, Edgar Poe había aprovechado el tiempo y rumiado muchas ideas. Hay allí una notable colección de apreciaciones críticas sobre los principales autores ingleses y norteamericanos, a menudo sobre textos franceses. De dónde partió la idea, cuál fue su origen, su objetivo, a qué escuela pertenecía, cuál era el método del autor, saludable o peligroso, todo eso estaba limpia, clara y rápidamente explicado. Si Poe atrajo la atención sobre él, se creó también muchos enemigos. Profundamente convencido, hizo una guerra sin cuartel a los falsos razonamientos, a las imitaciones burdas, a los solecismos, a los barbarismos y a todos los delitos literarios que se cometen diariamente en los periódicos y en los libros. Por ahí no había nada que reprocharle, predicaba con el ejemplo; su estilo es puro, y adecuadas sus ideas. Poe es siempre correcto. Es un hecho muy notable que un hombre de imaginación tan vagabunda y tan ambiciosa esté al mismo tiempo tan enamorado de las reglas y sea capaz de estudiosos análisis y de pacientes investigaciones. Se hubiera dicho de él que era la antítesis hecha carne. Su gloria de crítico perjudicó mucho a su fortuna literaria. Mucha gente quiso vengarse. Todos sus reproches se los echaron más tarde a él, a medida que crecía su obra. Todo el mundo conoce esa larga letanía trivial: inmoralidad, falta de ternura, carencia de conclusiones, extravagancia, literatura inútil. Nunca la crítica francesa perdonó a Balzac *Un gran hombre de provincias en París.*

Como poeta, Edgar Poe es un hombre aparte. Representa casi él solo el movimiento romántico al otro lado del océano. Es el primer norteamericano que, hablando con propiedad, haya hecho de su estilo una herramienta. Su poesía, profunda y quejumbrosa, está, sin embargo, trabajada y es pura, correcta y brillante como una joya de cristal. A pesar de las asombrosas cualidades que adornaban a Alfred de Musset y Alphonse de Lamartine, que hicieron que los adoraran almas tiernas y blandas, éstos no habrían sido amigos suyos, si él hubiese vivido entre nosotros. No tienen suficiente fuerza ni son dueños de sí mismos. Edgar Poe amaba los ritmos complicados, y, por complicados que fuesen, encerraba en ellos una armonía profunda. Hay un pequeño poema suyo, titulado *Las campanas,* que es una verdadera curiosidad literaria, aunque de difícil traducción. *El cuervo* tuvo un amplio éxito. Longfellow y Emerson confiesan que se trata de una maravilla. El tema es de lo más simple, es una pura obra de arte. En una noche de tempestad y de lluvia, un estudiante oye tocar primero en su ventana y luego en su puerta; abre, creyendo que es una visita. Es un desgraciado cuervo extraviado que ha sido atraído por la luz de la lámpara. Este cuervo domesticado ha aprendido a hablar en casa de otro dueño, y la primera palabra que sale por casualidad del pico del siniestro pájaro golpea justamente en uno de los compartimientos del alma del estudiante y hace aflorar en aquél una serie de tristes pensamientos dormidos: *una mujer muerta, mil aspiraciones fracasadas, mil deseos frustrados, una existencia rota,* un río de recuerdos que se extiende en la noche fría y desolada. El tono es grave y casi sobrenatural, como los pensamientos del insomnio; los versos caen uno a uno, como lágrimas monótonas. [...]

Pero el bagaje poético de Edgar Poe es pequeño. Su poesía, condensada y laboriosa, le costaba sin duda mucho esfuerzo, y con demasiada frecuencia tenía necesidad de dinero para entregarse a este dolor voluptuoso y sin fruto.

Como cuentista y novelista, Edgar Poe es único en su género, como Maturin, Balzac, Hoffmann, cada uno en el suyo. Las diferentes obras que ha desperdigado en las *revistas* han sido reunidas en dos tomos de cuentos. Eso hace un total de setenta y dos producciones, poco más o menos. Se encuentran allí bufonerías violentas, lo grotesco puro, aspiraciones desenfrenadas del infinito y una gran preocupación por el magnetismo. [...]

Quisiera poder caracterizar de manera breve y segura la literatura de Poe, porque es una literatura completamente nueva. Lo que le imprime un carácter esencial y la distingue entre todas es —que se me perdonen estas palabras singulares— el conjeturismo y el probabilismo. [...]

Generalmente, Edgar Poe suprime lo accesorio, o, por lo menos, no le da más que un valor mínimo. Gracias a esta sobriedad cruel, la idea generatriz se deja ver mejor y el tema se recorta ardientemente sobre estos fondos desnudos. En cuanto a su método de narración, es simple. Abusa del yo con una cínica monotonía. Se diría que está tan seguro de interesar, que se inquieta poco por variar sus medios. Sus cuentos son casi todos relatos o manuscritos del personaje principal. En cuanto al ardor con que trabaja a menudo en lo horrible, he observado en algunos hombres que era frecuentemente el resultado de una desbordante energía vital desocupada, a veces de una terca castidad, y también de una profunda sensibilidad pisoteada. La voluptuosidad sobrenatural que el hombre puede experimentar al ver correr su propia sangre, los movimientos bruscos e inútiles, los gritos lanzados al aire casi involuntariamente son fenómenos análogos. El dolor es un alivio para el dolor, la acción hace que descansemos del reposo. [...]

En los libros de Edgar Poe, el estilo es apretado, *concatenado;* la mala voluntad del lector o su pereza no podrán pasar a través de las mallas de esta red trenzada por la lógica. Todas las ideas, como flechas obedientes, vuelan a la misma diana.

He atravesado una larga serie de cuentos sin encontrar una historia de amor. Sin querer preconizar de una manera absoluta este sistema ascético de un alma ambiciosa, pienso que una literatura severa sería entre nosotros una protesta útil contra la invasora *fatuidad* de las mujeres, cada vez más sobreexcitadas por la repugnante idolatría de los hombres; y siento mucha indulgencia por Voltaire, al parecerme bien que en su prefacio de *La muerte de César,* tragedia sin mujeres, bajo fingidas excusas por su impertinencia, haya hecho recalcar bien su glorioso *tour de force.*

En Edgar Poe, nada de lloriqueos enervantes, sino en todas partes, sin cesar, el infatigable ardor hacia el ideal. Como Balzac, que tal vez murió triste por no ser un puro sabio, tiene sus pruritos de científico. Escribió un *Manual del conquiliologista,* que me he olvidado de mencionar. Muestra, como los conquistadores y los filósofos, una arrebatadora aspiración hacia la unidad; asimila las cosas morales a las físicas. Se diría que trata de aplicar a la literatura los procedimientos de la filosofía; y a la filosofía, el método del álgebra. En esta incesante ascensión hacia lo infinito se pierde un poco el aliento. En esta literatura, el aire está enrarecido como en un laboratorio. Se contempla en ella sin cesar la glorificación de la voluntad que se aplica a la inducción y al análisis. Parece como si Poe quisiera arrancar la palabra a los profetas y atribuirse el monopolio de la explicación racional. Así, los paisajes que sirven a veces de fondo a sus ficciones febriles son pálidos como fantasmas. Poe, que no compartía apenas las pasiones de los demás hombres, dibuja árboles y nubes que se parecen a sueños de nubes y de árboles, o más bien que se parecen a sus extraños personajes, agitados como ellos por un estremecimiento sobrenatural y galvánico.

Una vez, sin embargo, se dedicó a hacer un libro puramente humano, *La narración de Arthur Gordon Pym,* que no tuvo un gran éxito, es una historia de navegantes que, después de muchas aventuras, han sido atrapados por las calmas chichas de los mares del Sur. El genio del autor se complace en estas terribles escenas y en las asombrosas pinturas de tribus desconocidas y de islas que no están marcadas en los mapas. La ejecución de este libro es excesivamente simple y minuciosa. Por lo demás, está presentado como un cuaderno de bitácora. [...]

Tenía yo un amigo que era también un metafísico a su modo, apasionado y absoluto, con aires de Saint-Just. Me decía frecuentemente, tomando un ejemplo del mundo y mirándome de soslayo:

"Todo místico tiene un vicio oculto."

Y yo continuaba su pensamiento en mi fuero interno: por tanto, hay que destruirlo. Pero yo me reía, porque no comprendía. Un día, hablando con un librero conocido y acreditado, cuya especialidad es servir las pasiones de toda la banda mística y de los cortesanos oscuros de las ciencias ocultas, al pedirle yo informes sobre sus clientes, me dijo:

"Recuerde usted que todo místico tiene un vicio oculto, a veces muy material: éste, la embriaguez; aquél, la glotonería; uno será muy avaro; otro, muy cruel; etcétera."

¡Dios mío!, me dije, ¿cuál es, entonces, esta ley fatal que nos encadena, nos domina y se venga de la violación de su insoportable despotismo con la degradación y el aminoramiento de nuestro ser moral? Los iluminados han sido los más grandes de los hombres. ¿Por qué es preciso que sean castigados por su grandeza? ¿No era su ambición la más noble? ¿Eternamente el hombre ha de ser tan limitado que ninguna de sus facultades pueda engrandecerse más que en detrimento de las demás? Si querer a toda costa conocer la verdad es un gran crimen, o al menos puede conducir a grandes faltas; si la estupidez y la despreocupación son una virtud y una garantía de equilibrio, creo que debemos ser muy indulgentes para con estos ilustres culpables, porque, hijos de los siglos XVIII y XIX, este mismo vicio nos es imputable a todos.

Lo digo sin avergonzarme, porque siento que esto nace de un profundo sentimiento de lástima y de ternura: Edgar Poe, borracho, pobre, perseguido, paria, me agrada más que, tranquilos y virtuosos, un Goethe o un W. Scott. Gustosamente diría de él y de una clase especial de hombres lo que el catecismo dice de nuestro Dios: «Sufrió mucho por nosotros.»

Se podría escribir sobre su tumba: «Todos vosotros, los que habéis tratado ardientemente de descubrir las leyes de vuestro ser, los que habéis aspirado al infinito y cuyos pisoteados sentimientos han tenido que buscar un alivio espantoso en el escape del vino, rogad por él. Ahora su ser corporal, purificado, nada en medio de los seres cuya existencia él entreveía; rogad por él, que ve y que sabe; él intercederá por vosotros.»

CHARLES BAUDELAIRE

Edgar Allan Poe nace en Boston en 1809. Sus padres, comediantes de poca monta, recorrían los escenarios en busca de fama y dinero. Su padre desaparece cuando su madre espera el nacimiento de otro hijo. Poco tiempo después, su madre es víctima de una tuberculosis que acabará con su vida, dejando en la orfandad a los tres hermanos. Edgar será adoptado por el matrimonio Allan.

John Allan, de quien Edgar tomará el apellido, es un comerciante dedicado al tráfico de tabaco, que más tarde se convertirá en plantador de algodón, circunstancia que llevará a Edgar a un contacto directo con el mundo "negro" de la esclavitud.

De los seis a los once años Edgar permanece en un colegio de Londres, etapa que favorecerá la orientación de sus primeras lecturas. A los dieciséis años comienza sus estudios en la universidad de Virginia. Su padre adoptivo quiere hacer de él un abogado, pero ya Poe tiene como horizonte la literatura. El ambiente universitario dista mucho de ser ejemplar. El juego, la juerga y la violencia hacen estragos entre los estudiantes, y Poe, llevado por su necesidad de destacar, se ve obligado a pedir dinero a su padre, que se lo niega. En ese momento comienzan las desavenencias entre ambos. Poe busca refugio en el alcohol. En 1826 abandona la universidad y se dirige a su ciudad natal, donde publica *Tamerlan,* su primer libro de poemas. La desilusión por la escasa acogida de la obra y la estrechez económica lo llevan a enrolarse en el ejército, y, aunque supo adaptarse bastante bien a la vida militar, al poco tiempo abandona la academia y se lanza al riesgo de la vida literaria. Las estrecheces económicas continúan, y Poe, tras abandonar la vena poética, se centra en la producción de cuentos y narraciones cortas, más fáciles de vender en los periódicos y revistas del momento. En 1833 gana un premio literario con su cuento *Manuscrito hallado en una botella.*

Entre 1835 y 1845 Edgar Allan Poe produce gran parte de su obra, con la que alcanza fama y renombre como crítico literario agudo, lúcido e insobornable. El triunfo literario no acompaña a su bienestar personal. En septiembre visita a un amigo en estado de embriaguez. Cinco días más tarde yace borracho e inconsciente en una taberna; es trasladado a un hospital, donde muere el 7 de octubre de 1849.

EL EDITOR

LA CARTA ROBADA

Nil sapientiae odiosius acumine nimio.[1]
(SÉNECA)

Me encontraba en París, en el otoño de 18... Una noche, después de una tarde de viento, gozaba del doble
placer de la meditación y de una pipa de espuma de mar,
en compañía de mi amigo C. Auguste Dupin, en su pequeño despacho privado o gabinete de estudio, en el número 33, de *rue* [calle] Dunôt, *au troisième* [en el tercero],
en el *faubourg* [barrio] Saint-Germain. Hacía más de una
hora que estábamos en profundo silencio; y a cualquier
observador casual le habría parecido que estábamos única y profundamente estudiando las volutas de humo que
hacían más densa la atmósfera de la habitación. Por mi
parte, me debatía en una discusión mental sobre algunas apreciaciones sobre las que habíamos conversado
al empezar la velada; me refiero al asunto de la rue Mor-
gue y al misterio del asesinato de Marie Rogêt. Seguí pensando que se trataba de una coincidencia, cuando se
abrió la puerta de la habitación y dio paso a nuestro viejo conocido *monsieur* [señor] G..., prefecto de la policía de París.

Le saludamos cordialmente, pues en aquel hombre
había tanto de despreciable como de agradable, y hacía
varios años que no lo veíamos. Como habíamos estado

sentados en la penumbra, Dupin se levantó para encender una lámpara, pero se volvió a sentar sin encenderla, pues G… nos comunicó que venía a consultarnos o, mejor dicho, a pedir la opinión de mi amigo sobre un asunto oficial que le preocupaba mucho.

—Si se trata de algo que requiere reflexión —advirtió Dupin, absteniéndose de encender la mecha—, es mejor examinarlo a oscuras.

—Es una de esas cosas raras —dijo el prefecto, para quien todo lo que superaba su comprensión era "raro", y por este motivo vivía rodeado de una legión de «rarezas».

—Pues sí —replicó Dupin, ofreciendo a nuestro visitante una pipa y arrastrando hacia él un cómodo sillón.

—¿Y cuál es la dificultad ahora? —pregunté—. Espero que no sea otro asesinato.

—¡Oh, no! Nada de eso. En realidad, se trata de un asunto muy sencillo y no dudo de que podremos resolverlo perfectamente por nuestra cuenta; pero he pensado que a Dupin le gustaría conocer los detalles, ya que es un caso *raro*.

—Sencillo y raro —dijo Dupin.

—Sí, aunque no es exactamente eso. A decir verdad, estamos todos bastante confusos, pues el asunto es muy sencillo, pero nos tiene desconcertados.

—Quizá lo que les induce al error es la sencillez del asunto —advirtió mi amigo.

—¡Qué cosa más absurda dice usted! —replicó el prefecto, riendo a carcajadas.

—Quizá el misterio es un poco *demasiado* sencillo —dijo Dupin.

—¡Por Dios! ¿Cómo se le ha podido ocurrir esa idea?

—Un poco *demasiado* evidente.

—¡Ja, ja, ja! ¡Ja, ja, ja! ¡Oh, oh, oh! —se reía nuestro

visitante, muy divertido—. ¡Dupin, usted terminará haciéndome morir de risa!

—¡Venga! ¿De qué se trata? —pregunté.

—Pues bien, voy a decírselo —replicó el prefecto, aspirando una larga bocanada de humo y arrellanándose en su sillón—. Se lo puedo explicar con pocas palabras, pero antes tengo que advertirles que el asunto exige el mayor secreto, pues, si se llegara a saber que lo he confiado a otras personas, podría costarme el cargo que desempeño.

—Hable usted —dije.

—O no hable —dijo Dupin.

—Bueno. He sido informado personalmente, por alguien que ocupa un puesto muy alto, de que ha sido robado en las habitaciones reales un documento de gran importancia. Se sabe quién lo ha robado, pues se le vio apoderarse de él. Y se sabe también que el documento sigue en su poder

—¿Cómo se sabe esto? —preguntó Dupin.

—Se deduce claramente —replicó el prefecto— de la naturaleza del documento y de que no hayan tenido lugar ciertas consecuencias que se habrían producido en caso de que pasara a *otras* manos; o sea, en caso de que se utilizara en la forma en que el ladrón pretende hacerlo al final.

—Sea algo más explícito —dije.

—Bien, puedo asegurar que ese papel da a su poseedor un determinado poder en un determinado lugar, donde dicho poder es muy valioso.

El prefecto era muy aficionado a la jerga diplomática.

—Sigo sin entender nada —dijo Dupin.

—¿No? Veamos: la presentación de ese documento a una tercera persona, cuyo nombre silenciaré, pondría en entredicho el honor de alguien de las esferas más altas, y esto da al poseedor del documento un poder sobre ese ilustre personaje, cuyo honor y tranquilidad así están comprometidos.

—Pero ese poder —interrumpí— depende de que el ladrón sepa que dicho personaje lo conoce. ¿Quién se atrevería…?

—El ladrón —dijo G…— es el ministro D…, que se atreve con todo, tanto con lo que es digno como con lo que es indigno de un hombre. La forma en que se produjo el robo es tan ingeniosa como audaz. El documento en cuestión —para ser sinceros, una carta— fue recibido por la persona robada cuando estaba a solas en el *boudoir* [gabinete] real. Mientras la leía, le interrumpió de repente la entrada de otro eminente personaje, a quien el primero deseaba especialmente ocultar la carta. Después de una precipitada y vana tentativa de esconderla en un cajón, tuvo que dejarla, abierta como estaba, encima de la mesa. Como el sobre había quedado hacia arriba y no se veía el contenido, la carta podía pasar inadvertida. Pero en ese momento entra el ministro D… Sus ojos de lince ven inmediatamente el papel, reconoce la letra del sobre, se da cuenta de la confusión de la persona a quien iba dirigido y adivina su secreto. Después despacha algunos asuntos con su celeridad acostumbrada, saca una carta parecida a la que nos ocupa, la abre, finge leerla y luego la coloca muy cerca de la otra. Vuelve a conversar durante unos quince minutos sobre los asuntos públicos. Y por fin se levanta y, al despedirse, coge la carta que no es suya. Su legítimo dueño ve la maniobra, pero no se atreve a llamarle la atención delante del tercer personaje, que no se separa de su lado. El ministro se marcha y deja encima de la mesa la otra carta, que no tiene importancia.

—Pues bien —me dijo Dupin—, ya tiene usted lo que

se necesita para que el poder del ladrón sea completo: sabe que la persona robada le conoce como ladrón.

—Así es —asintió el prefecto—, y el poder así conseguido ha sido utilizado en los últimos meses para fines políticos hasta extremos muy peligrosos. La persona robada está cada día más convencida de la necesidad de recuperar su carta. Pero una cosa de este tipo no se puede hacer abiertamente. Y por fin, desesperado, me ha encargado esta tarea.

—Y para esto —dijo Dupin, entre una nube de humo—, no podía haber elegido, ni siquiera imaginado, un agente más sagaz.

—Me halaga —replicó el prefecto—, pero igual no es imposible que se tenga de mí esa opinión.

—Como usted ha indicado —dije—, la carta sigue en posesión del ministro, pues lo que le da su poder es esa posesión y no el uso. Una vez que utilice la carta, cesaría ese poder.

—Cierto —dijo G…—. Y todas mis pesquisas se basan en esa convicción. Lo primero que hice fue registrar con cuidado la mansión del ministro, evitando por todos los medios que llegara a enterarse. Se me ha prevenido que debo impedir a toda costa que sospeche de nuestras intenciones, pues sería muy peligroso.

—Pero —dije— usted está *au fait* [al corriente] de ese tipo de investigaciones. No es la primera vez que la policía de París las hace.

—Cierto. Y por eso no me preocupé mucho. Además las costumbres del ministro me daban ventaja. A menudo pasa la noche fuera de casa. No tiene muchos criados y duermen lejos de los apartamentos de su amo; y, como casi todos son napolitanos, resulta fácil emborracharlos. Ya saben ustedes que tengo llaves con las que puedo abrir cualquier habitación de París. Durante estos últimos tres meses no ha pasado una noche que no la dedicara personalmente a registrar la mansión de D... Está en juego mi honor y, les confío un gran secreto, la recompensa es muy importante. Por eso no abandoné la búsqueda hasta no estar completamente convencido de que ese hombre es más astuto que yo. Estoy seguro de haber mirado en los escondrijos más inverosímiles de la mansión donde podría haber escondido la carta.

—¿No es posible —sugerí— que, aunque la carta se encuentre en posesión del ministro, algo incuestionable, la haya escondido en un lugar que no sea su mansión?

—Es poco probable —dijo Dupin—. El giro que están dando los asuntos de la corte, y en especial las intrigas en las que se ve envuelto D..., exigen que el documento esté *a mano* para que pueda exhibirlo en cualquier momento; esto es tan importante como el mismo hecho de tenerlo.

—¿Que pueda ser exhibido el documento? —pregunté.

—Si prefiere, que pueda ser *destruido* —dijo Dupin.

—Entonces —observé—, ese papel tiene que estar en su mansión. Pienso que podemos descartar la posibilidad de que el ministro lo lleve consigo.

—Por supuesto —dijo el prefecto—. He ordenado detenerlo dos veces por falsos atracadores y he visto cómo lo registraban de arriba abajo.

—Podía haberse ahorrado usted esa molestia —dijo Dupin—. Supongo que D... no está totalmente loco, y por tanto ha tenido que prever esos falsos atracos como consecuencia lógica.

—No está *totalmente* loco —dijo G...—, pero es un poeta, y en mi opinión viene a ser casi lo mismo.

—Vale —dijo Dupin, después de aspirar una profunda bocanada de humo de su pipa de espuma de mar—, aunque yo me confiese culpable de algunas malas estrofas.

—¿Por qué no nos da algunos detallles de sus pesquisas? —pregunté.

—Pues bien; como disponíamos de mucho tiempo, buscamos en *todas partes*. Tengo larga experiencia en estos asuntos. Revisé escrupulosamente toda la mansión, habitación por habitación, dedicando las noches de una semana a cada aposento. Primero examiné el mobiliario; abrimos todos los cajones: supongo que sabrán ustedes que, para un agente de policía bien adiestrado, no hay un cajón *secreto que pueda* resistírsele. En una búsqueda de esta envergadura resulta imbécil el hombre que deje sin ver un cajón *secreto*. ¡Son tan *evidentes!* En cada mueble hay una masa, un volumen que tiene que ser explicado. Hay unas reglas muy fijas para eso. No se nos puede escapar ni la quincuagésima parte de una línea. Una vez realizada la inspección de los armarios, pasamos a las sillas. Perforamos los cojines con esas largas y finas agujas que habrán visto ustedes emplear. Quitamos los tableros de las mesas.

—¿Y para qué?

—A veces, la persona que quiere esconder algo levanta el tablero de una mesa o de un mueble parecido, hace un agujero en una pata, esconde el objeto dentro y vuelve a colocar el tablero. Lo mismo se puede hacer con los cabeceros y las patas de las camas.

—Pero ¿no se puede descubrir la cavidad por el sonido? —pregunté.

—No hay forma si, después de haber depositado el objeto, se envuelve con una capa de algodón. Además, en este caso nos veíamos obligados a actuar sin hacer ruido.

—Pero ustedes no han podido revisar y desmontar *todos* los muebles en los que pudo esconderse la carta en la forma que usted ha indicado. Una carta se puede reducir a un finísimo rollo, casi igual al volumen de una aguja larga de hacer punto, y de esta forma se la puede introducir, por ejemplo, en el travesaño de una silla. ¿Han desarmado ustedes todas las sillas?

—Pues no, pero hicimos algo mejor: examinamos los travesaños de todas las sillas e incluso las junturas de todos los muebles con ayuda de un potente microscopio. Si hubiese habido cualquier indicio de cambio reciente, inmediatamente lo habríamos descubierto. Una simple mota de polvo, producida por un berbiquí, habría saltado a los ojos como si se tratara de una manzana. Cualquier alteración en la cola, una simple grieta en las junturas, habría bastado para orientarnos.

—Supongo que examinaron los espejos, entre los marcos y el cristal, y miraron las camas y la ropa de la cama, así como las cortinas y las alfombras.

—Naturalmente, y una vez que revisamos todo el mobiliario de esa forma tan minuciosa, examinamos la mansión. Dividimos toda su superficie en compartimentos que numeramos, para que no se escapara ninguno; después examinamos cada pulgada cuadrada, incluyendo las dos casas colindantes, y siempre ayudados del microscopio.

—¿Las dos casas colindantes? —exclamé—. ¡Habrán tenido muchas dificultades!

—Pues sí, pero la recompensa es muy grande.

—¿Incluían el terreno entre las casas?

—Ese terreno está pavimentado con baldosas. Comparativamente, no nos dio demasiado trabajo, pues examinamos la hierba entre las baldosas y la encontramos intacta.

—¿Miraron, naturalmente, entre los papeles de D...,
y en los libros de su biblioteca?

—Claro. Abrimos todos los paquetes, y no sólo examinamos libro a libro, sino que los hojeamos con cuidado, sin conformarnos simplemente con sacudirlos,
como suelen hacer nuestros oficiales de policía. También
medimos el espesor de cada pasta de libro, escrutándo-
la luego hasta en los mínimos detalles con el microscopio. Si se hubiera introducido un papel entre las tapas,
resultaría imposible que pasara inadvertido. Cinco o seis
volúmenes, que acababan de llegar del encuadernador,
los atravesamos, en sentido longitudinal, con las agujas.

—¿Exploraron los pisos debajo de las alfombras?

—¡Cómo no! Levantamos las alfombras y examinamos
las tablas con el microscopio.

—¿Y el papel de la pared?

—También.

—¿Registraron los sótanos?

—Pues, claro.

—Entonces —dije— , ha errado usted en sus cálculos; la carta *no está* en la mansión del ministro.

—Temo que tenga usted razón —dijo el prefecto—.
Bien, Dupin, ¿qué me aconseja usted?

—Volver a revisar de nuevo toda la mansión.

—Eso es completamente inútil —replicó G...—. Estoy tan seguro de que la carta no está en la mansión
como de que respiro.

—Es el mejor consejo que puedo darle —dijo Dupin—. Supongo que tiene usted una descripción exacta
de la carta.

—¡Ah, sí!

Y tras sacar una libreta, el prefecto se puso a leernos
una minuciosa descripción del aspecto interno del documento perdido, y sobre todo del externo. Poco des-

pués de acabar su lectura se despidió de nosotros tan desanimado como jamás lo había visto hasta entonces.

Aproximadamente un mes más tarde nos hizo otra visita, y nos encontró ocupados casi en la misma faena que la vez enterior. Llenó una pipa y cogió un sillón y se puso a comentar cosas sin importancia. Después de un rato le dije:

—Oiga, G…, ¿qué pasó con la carta robada? Supongo que, al menos, se habrá convencido de que no es fácil superar la astucia del ministro.

—¡Que se vaya al diablo! —contestó—. Volví a registrar su mansión, como me había sugerido Dupin, pero perdí el tiempo. Yo ya me lo suponía.

—¿A cuánto dijo usted que ascendía la recompensa ofrecida? —preguntó Dupin.

—Pues… mucho dinero… muchísimo… No quiero decir exactamente la cantidad, pero estoy dispuesto a firmar un cheque por cincuenta mil francos a quien me proporcione esa carta. El asunto cada día va adquiriendo mayor importancia, y la recompensa ha sido recientemente doblada. Pero, aunque la tripliquen, yo no podría hacer más de lo que he hecho…

—Pues… la verdad —dijo Dupin, arrastrando las palabras entre las bocanadas de humo—, a mí me parece…, G…, que usted no ha hecho todo lo que se puede hacer en esto. ¿No cree que se podría hacer algo más?

—¿Cómo?… ¿En qué sentido?

—Pues…, puf, puf… podría usted…puf, puf… pedir algún consejo sobre el particular… puf, puf, puf… ¿Recuerda la historia que cuentan de Abernethy?

—No. ¡Al diablo con Abernethy!

—Vale. ¡Al diablo, pero bienvenido! Pues una vez a cierto avaro se le ocurrió la idea de conseguir gratis el diagnóstico médico de Abernethy. Y aprovechó una reunión y una conversación corriente para exponer su caso como si se tratara de otra persona. «Supongamos —dijo el avaro— que los síntomas del enfermo son tales y cuales. Dígame, doctor, ¿qué le aconsejaría *usted* en este caso?» «Pues yo le aconsejaría —contestó Abernethy— que consultara a un médico».

—Bien —dijo el prefecto bastante desconcertado—. Estoy *totalmente* dispuesto a pedir consejo y a pagarlo. Es verdad que entregaría un cheque de cincuenta mil francos a quien pudiera ayudarme en este asunto.

—En ese caso —replicó Dupin, abriendo un cajón y sacando un talonario de cheques—, puede usted extenderme un cheque por esa suma. Cuando me lo haya firmado, le entregaré la carta.

Me quedé estupefacto. Y el prefecto parecía fulminado. Durante unos minutos fue incapaz de decir una palabra y de moverse, mientras miraba a mi amigo con unos ojos que se salían de las órbitas y con la boca abierta. Luego pareció recuperarse, cogió una pluma y, después de varias indecisiones y miradas al vacío, llenó y firmó un cheque por cincuenta mil francos y se lo entregó por encima de la mesa a Dupin. Este lo examinó con parsimonia y se lo guardó en la cartera; luego, abriendo un escritorio, sacó una carta y se la entregó al prefecto. El funcionario la cogió con un convulsión de alegría, la abrió con mano trémula, echó una rápida ojeada a su contenido y luego, acercándose con paso inseguro, desapareció de repente de la habitación y del edificio, sin haber dicho una palabra desde que Dupin le pidió que rellenase el cheque.

Cuando nos repusimos de esta ausencia, mi amigo consintió darme algunas explicaciones.

—La policía de París es muy hábil a su manera —dijo—. Sus agentes son perseverantes, ingeniosos, astutos y muy preparados en los conocimientos que les exigen sus funciones. Por eso, cuando G... nos detalló la manera de registrar la mansión de D..., tuve una confianza total de que habían realizado una investigación satisfactoria hasta donde se podía llegar

—¿Y hasta dónde se podía llegar? —repetí.

—Bien —dijo Dupin—. Las medidas adoptadas eran no sólo las mejores en su género, sino que habían sido realizadas con una perfección absoluta. Si la carta hubiera estado dentro del radio de su búsqueda, no me cabe la menor duda de que esos policía la habrían encontrado.

Me eché a reír, pero él hablaba muy en serio.

—O sea, las medidas —prosiguió— eran excelentes en su género, y habían sido ejecutadas perfectamente; pero el defecto estaba en que eran inaplicables al caso y al hombre que nos ocupaba. Una serie de recursos muy ingeniosos son para el prefecto una especie de lecho de Procusto, en el que quiere meter a la fuerza sus planes. Pero se equivocaba continuamente ya siendo demasiado profundo o demasiado superficial en este caso, y más de un alumno razonaría mucho mejor que él. Conocí a un muchacho de ocho años, cuyos éxitos en el juego de «pares y nones» causaban la admiración universal. Es un juego muy sencillo, que se juega con unas canicas. Uno de los participantes oculta en la mano un número determinado de canicas y pregunta al otro: "¿Pares o nones?" Si éste lo adivina, gana una canica; si se equivoca, pierde una. El muchacho de quien estoy hablando ganaba todas las canicas de la escuela. Naturalmente, tenía un sistema de adivinación que consistía en la simple observación y en la apreciación de la astucia de sus contrincantes. Supongamos que el adversario es un tonto y que, levantando su mano cerrada, le pregunta: "¿Pares o nones?" Nuestro alumno contesta: "Nones", y pierde, pero la segunda vez gana, porque se dice a sí mismo: «El tonto tenía pares la primera vez, y su astucia no va más allá de poner nones para la segunda, por tanto diré: "Nones"». Lo dice y gana. Ahora bien: si le toca jugar con un tonto un poquito menos tonto que el anterior, razonará así: «Este muchacho sabe que la primera vez elegí "nones", y para la segunda se le ocurrirá, en un primer impulso, pasar de "pares" a "nones", pero un nuevo impulso le sugerirá que el cambio es muy sencillo, y por fin se decidirá a poner canicas para que resulte "pares" como la primera vez. O sea, que diré "pares"». Dice "pares" y gana. Esta forma de razonar del alumno, a quien sus compañeros llaman "afortunado", si se analiza bien, ¿en qué consiste?

—Simplemente consiste —contesté— en identificar el pensamiento del que razona con el de su oponente.

—Así es —dijo Dupin—. Cuando pregunté al muchacho cómo conseguía esa *total* identificación en la que se apoyaban sus triunfos, me dijo: «Si quiero saber si alguien es inteligente o tonto, bueno o malo, y conocer cuáles son sus pensamientos en ese momento, adecuo lo más que puedo la expresión de mi cara con la suya, y luego espero para ver qué pensamientos o sentimientos surgen en mi mente o en mi corazón y se emparejan con la expresión de mi cara.» Esta respuesta del alumno es la base de toda la falsa profundidad atribuida a La Rochefoucauld, a La Bruyère, a Machiavelli y a Campanella.

—Si he entendido bien —dije— la identificación del pensamiento del que razona con el de su oponente depende de la precisión con la que se mida la inteligencia de este último.

—Depende de eso para los resultados prácticos —contestó Dupin—, y si el prefecto y toda su cohorte fracasan con tanta frecuencia, en primer lugar por medir mal, o, mejor dicho, por no medir, el pensamiento con el que se enfrentan. Sólo tienen en cuenta *sus* ideas ingeniosas, y, cuando buscan algo escondido, se fijan únicamenmte en los métodos que *ellos* habrían utilizado para esconderlo. Tienen mucha razón en la medida en que su ingenio es un fiel representate de la *mayoría;* pero, cuando la astucia del malhechor tiene un carácter distinto a la de ellos, ése lo gana, como es natural. Y esto ocurre siempre cuando la astucia de alguien es superior a la suya, e incluso, muy a menudo, cuando está muy por debajo. Los policías no admiten ninguna variación en sus investigaciones; al máximo, si se encuentran acorralados por un caso insólito, o movidos por una recompensa excepcional, amplían o exageran sus viejos modos rutinarios, sin moverse un ápice de sus principios. En el caso de G…, por ejemplo, ¿qué han hecho para cambiar el principio de investigación? ¿Qué son esas perforaciones, esos análisis al microscopio, esa división de la superficie en pulgadas cuadradas y numeradas? No representan nada más que la *aplicación exagerada* del principio o conjunto de principios por los que se rige una investigación, y que a su vez se basan en un conjunto de nociones sobre el ingenio humano, a los que se ha acostumbrado el prefecto en la prolongada rutina de su trabajo. ¿No se da cuenta de que G… da *por sentado* que todos los hombres que quieren esconder una carta lo hacen, si no precisamente en un agujero que se abre en la pata de una silla, al menos en algún agujero o rincón sugerido por la misma línea de razonamiento que arranca de la idea de esconderla en un agujero hecho en la pata de una silla? No se olvide de que esos escondites tan *recherchés* [rebuscados] sólo se utilizan en ocasiones ordinarias, por lo que sólo mentes ordinarias acudirán a ellos; quiere decir que en todos los casos de ocultamiento hay que presumir, en primer lugar, que se ha efectuado en esta línea, y, por tanto, su descubrimiento no depende en absoluto de la perspicacia, sino del cuidado, de la paciencia y de la obstinación de los rastreadores; y si es un caso importante, o la recompensa es extraordinaria —que equivale a lo mismo para la policía—, esas condiciones no fallan *nunca*. Ahora entenderá usted lo que quiero decir cuando mantengo que, si la carta robada hubiera sido escondida en cualquier punto dentro de los límites de las pesquisas del prefecto —en otras palabras, si el principio rector del ocultamiento estuviera comprendido en los principios del prefecto—, sin ningún género de duda la habrían encontrado. Pero nuestro funcionario ha sido completamente confundido, y la remota fuente de este descalabro está en la suposición de que el ministro es un loco, porque ha conseguido renombre como poeta. En el razonamiento del prefecto, todos los locos son poetas, deduce que todos los poetas son locos, por lo que se le debe considerar culpable de un *non distributio medii*.

—¿Pero se trata del poeta? —pregunté—. Sé que D… tiene un hermano, y que los dos han conseguido reputación en el campo de las letras. El ministro, según tengo entendido, ha escrito un libro muy importante sobre el cálculo diferencial e integral. Es un matemático, no un poeta.

—Se equivoca usted. Yo lo conozco bien, y sé que es las dos cosas. Como poeta y matemático puede razonar muy bien; habría podido hacerlo sólo como matemático, y se habría quedado a merced del prefecto.

—Me asombran esas opiniones —dije— que contradicen el parecer de la mayoría. No pretenderá usted quitar de un plumazo ideas contrastadas durante varios siglos. Siempre se consideró la razón matemática como la razón *par excellence* [por excelencia].

—*Il y a à parier* —replicó Dupin, citando a Chamfort— *que toute idée publique, toute convention reçue est une sottise, car elle a convenu au plus grand nombre*[2]. Le aseguro que los matemáticos han hecho lo que han podido por difundir el error popular al que usted alude, y que no por ser difundido deja de ser un error. Por ejemplo, con un arte digno de mejor causa, han introducido el término *análisis* en las operaciones algebraicas. Los franceses son los culpables de ese engaño, pero si un término tiene alguna importancia, si las palabras cobran su valor por su aplicación, entonces admito que «análisis» incluye «álgebra», tanto como en latín *ambitus* implica «ambición»; *religio*, «religión», u *homines honesti*, la clase de gente *honorable*.

—Me temo que se va a enfrentar usted con algún algebrista de París. Continúe.

—Niego la validez y, por tanto, los resultados de una razón mantenida con cualquier procedimiento especial que no sea el lógico abstracto. Niego, de forma particular, la razón sacada del estudio matemático. Las matemáticas son la ciencia de la forma y de la cantidad; el razonamiento matemático no es más que la lógica aplicada a la forma y a la cantidad. El gran error consiste en suponer que las verdades de lo que se llama álgebra *pura* son verdades abstractas o generales. Y es un error tan grande, que me maravilla cómo ha podido aceptarse universalmente. Los axiomas matemáticos no son axiomas de validez general. Lo que es verdad de *relación* —de la forma y de cantidad— resulta a menudo un error craso aplicado a la moral, por ejemplo. En esta última ciencia suele *ser falso* que el todo sea igual a la suma de las partes. Tampoco se cumple este axioma en química. Igualmente falla en la consideración de los móviles, pues dos móviles de un valor dado no alcanzan necesariamente al juntarse un valor equivalente a la suma de sus valores por separado. Hay otras muchas verdades matemáticas que son tales sólo en los límites de la *relación*. Pero el matemático, llevado por su costumbre, argumenta, basándose en sus *verdades finitas,* como si fueran de aplicación general, algo que normalmente la gente acepta y cree. Bryant, en su excelente *Mitología,* alude a una fuente análoga de error cuando indica que, "aunque no se cree en los mitos paganos, con facilidad nos olvidamos de esto y sacamos consecuencias como si fueran realidades vivas". Para los algebristas, que son también paganos, los "mitos paganos" son materia de creencia, y las consecuencias que se sacan de ellos no salen de un despiste de la memoria sino de una inexplicable perturbación mental. Resumiendo: Nunca he encontrado a un matemático al que pudiera dar crédito en algo distinto a sus raíces y a sus ecuaciones o que no tenga como artículo de fe que $x^2 + px$ es absoluta e incondicionalmente igual a q. Como experiencia, diga a uno de esos caballeros que, en su opinión, podría darse algún caso en que $x^2 + px$ no fuera absolutamente igual a $q;$ una vez que le haya entendido lo que usted quería expresar, procure ponerse lejos de su alcance, ya que intentará pegarle.

»Lo que quiero indicar con esto —añadió Dupin, mientras yo me reía de sus últimas observaciones— es que, si el ministro sólo hubiera sido un matemático, el prefecto no se habría encontrado en la necesidad de extender este cheque. Pero yo sabía que era tan matemático como poeta, y mis medidas se han adecuado a sus capacidades, teniendo en cuenta las circunstacias. Sabía que es un cortesano y un *intrigant* osado. Pensé que un hombre así estaría al tanto de los métodos policiales ordinarios. Es imposible que no tuviera previstos los falsos atracos a los que le iban a someter —como después han demostrado los hechos. Las frecuentes ausencias nocturnas, que nuestro prefecto entendía como una preciosa ayuda para conseguir el éxito en su investigación, a mí me parecieron simples *astucias* para dar todo tipo de facilidades en la búsqueda y convencer a la policía lo antes posible de que la carta no estaba en su mansión, algo que G... terminó creyendo. Me pareció también que todo ese conjunto de pensamientos que con bastante esfuerzo acabo de exponerle y que se refiere al principio invariable de la acción policial en sus investigaciones de objetos ocultos no podría pasar desapercibido al ministro. Y por este motivo le llevaría a desdeñar los posibles escondrijos vulgares. Pensé que *ese hombre* no podía ser tan cándido que no entendiese que el rincón más alejado e inaccesible de su mansión estaría tan abierto a los ojos, a las sondas, a los barrenos y a los microscopios del prefecto como el más común de los armarios. Vi, por último, que D... terminaría cayendo en la *simplicidad*, si es que no lo adoptaba por simple gusto personal. Igual se acuerda usted cómo se reía el prefecto cuando, en nuestra primera entrevista, le sugerí que posiblemente el misterio lo perturbaba por su total *evidencia*.

—Me acuerdo perfectamente —añadí—. Pensé un momento que le iba a dar un ataque de risa.

—El mundo material —prosiguió— está lleno de analogías con el inmaterial, y tiñe de verdad ese dogma retórico, según el cual la metáfora o el símil pueden reforzar un argumento o embellecer una descripción. El principio de la *vis inertiae,* o fuerza de la inercia, por ejemplo, parece idéntico en la física y en la metafísica. Si es verdad que en la primera resulta más difícil poner en movimiento un cuerpo grande que uno pequeño, y que el *momentum* [impulso] o cantidad de movimiento subsiguiente está en proporción con la dificultad, no es menos cierto que, en cuanto a la segunda, las inteligencias de mayor capacidad, aunque sean más vigorosas, constantes y eficaces en sus avances que las de grado inferior, son más lentas al iniciar los mismos y se muestran más titubeantes y vacilantes en los primeros pasos. Por cierto: ¿Se ha fijado usted alguna vez en qué letreros de los comercios llaman más la atención?

—Nunca se me ha ocurrido —dije.

—Hay un juego de adivinanzas —replicó él— que se juega con un mapa. Uno de los participantes pide a otro que encuentre un nombre dado: el nombre de una ciudad, de un río, de un estado o de un imperio; o sea, una palabra que figure en la abigarrada y complicada superficie del mapa. Por regla general, los novatos procuran confundir a sus contrincantes proponiéndoles las palabras escritas con los caracteres más pequeños, mientras que los jugadores más expertos escogen los nombres que en grandes caracteres se extienden de una parte a otra del mapa. Estos últimos, como los letreros y rótulos muy grandes, pasan inadvertidos a fuerza de ser evidentes, y la desatención ocular en esto es parecida al descuido que lleva a la inteligencia a no tener en cuenta las consideraciones excesiva y palpablemente evidentes. Y, en fin, es un tema que está por encima y por debajo de la inteligencia del prefecto. Nunca ha pensado como probable o posible que el ministro hubiese dejado la carta ante las narices de todo el mundo, para impedir mejor que alguien de ese mundo pudiera verla.

»Cuanto más pensaba en el audaz, atrevido y brillante ingenio de D…, en que el documento tenía que estar siempre *a mano* si quería utilizarlo para sus fines, y en la absoluta seguridad proporcionada por el prefecto de que el documento no se encontraba en los límites de las búsquedas ordinarias de este funcionario, más seguro estaba de que, para esconder la carta, el ministro había recurrido al más amplio y sagaz expediente: no ocultarla.

»Convencido de estas ideas, me puso una gafas verdes, y acudí una hermosa mañana, como por casualidad, a la mansión del ministro. Hallé a D… en casa, bostezando, paseándose sin hacer nada y pretendiendo encontrarse en el colmo del *ennui* [aburrimiento]. Probablemente era el ser vivo más activo y enérgico, pero sólo cuando no le veía nadie.

»Para ponerme a su nivel, me quejé de la debilidad de mi vista y de la necesidad de tener que llevar gafas, bajo cuya protección pude observar cautelosa pero detalladamente todo el aposento, mientras aparentemente yo seguía con mucha atención las palabras del anfitrión.

»Dediqué una atención especial a una mesa grande de escritorio, a la que estaba sentado D…, y en la que aparecían mezcladas unas cartas con papeles, junto con un par de instrumentos de música y unos pocos libros. Pero, después de un largo y atento examen, no vi nada que pudiera levantar sospechas.

»Mirando por el aposento mis ojos cayeron por fin en un tarjetero, de cartón recortado, colgado de una sucia cinta azul de un clavo encima de la repisa de la chimenea. En este tarjetero, que tenía tres o cuatro compartimentos, vi cinco o seis tarjetas de visita y una carta. Esta última parecía muy arrugada y sucia. Estaba casi rota por la mitad, como si a una primera intentona de romperla le hubieran sucedido otras. Se veía claramente un gran sello negro, con el monograma de D…, *muy* a la vista, y el sobre, dirigido al ministro, revelaba una letra pequeña y femenina. La carta había sido dejada con descuido, casi diría con desprecio, en uno de los compartimentos altos del tarjetero.

»Nada más ver esa carta, me di cuenta de que era la

que buscaba. Por cierto, su apariencia era muy distinta a la minuciosa descripción que nos había hecho el inspector. En este caso, el sello era grande y negro, con el monograma de D...; en el otro, era pequeño y rojo, con las armas ducales de la familia S... El sobre de la presente carta mostraba una letra pequeña y femenina, mientras que el otro, dirigido a una persona de la corte, había sido escrito con caracteres firmes y decididos. Sólo el tamaño era parecido. Pero, por el contrario, las diferencias excesivas eran muy *radicales:* la suciedad, el papel arrugado y en parte roto, e irreconciliables con las *verdaderas* costumbres metódicas de D..., y sugerentes de la intención de engañar sobre el auténtico valor del documento; todo esto, sumado a la colocación de la carta, insolentemente puesta ante los ojos de cualquier visita y al mismo tiempo coinciendo con las conclusiones a las que yo había llegado, corroboró las sospechas de alguien que precisamente había ido allí con intenciones de sospechar.

»Prolongué cuanto pude mi visita y, mientras mantenía una discusión animada con el ministro sobre un tema que nunca ha dejado de interesarlo y apasionarlo, fijé mi atención en la carta. De esta forma confiaba a mi memoria los detalles de su apariencia exterior y de su colocación en el tarjetero, pero acabé descubriendo un detalle que disipó las últimas dudas que pudieran quedarme. Al fijarme atentamente en los bordes del papel, me di cuenta de que estaban más *ajados* de lo necesario. Presentaba ese típico aspecto de un papel grueso doblado y aplastado por la plegadera y que luego se vuelve en sentido contrario, usando los mismos pliegues de la vez anterior. Ese detalle me bastó. Estaba claro que la carta había sido dada la vuelta como un guante, para ponerle encima un nuevo sobre y un nuevo sello. Me despedí del ministro y me fui, dejando encima de la mesa una tabaquera de oro.

»A la mañana siguiente volví en busca de mi tabaquera y reanudamos con gusto la conversación del día anterior. Pero, mientras departíamos, se oyó justo debajo de la ventana un disparo de pistola, seguido de unos gritos espantosos y voces de una multitud aterrorizada. D... corrió hacia la ventana, la abrió y miró hacia abajo. En ese momento yo me acerqué al tarjetero, cogí la carta, me la guardé en el bolsillo, la reemplacé por un facsímil (al menos externamente) que había preparado en casa con mucho cuidado, imitando el monograma de D... con la ayuda de un sello de miga de pan.

»El alboroto callejero lo había ocasionado un hombre extravagante armado con un fusil, que había disparado el arma contra un grupo de mujeres y niños. Pero se comprobó más tarde que el arma no estaba cargada, y por tanto dejaron en libertad al individuo tomándolo por un borracho o un loco. Cuando se fue, D... se retiró de la ventana, adonde yo había acudido después de apoderarme de la carta. Y unos instantes después me despedí de él. Bueno, el presunto lunático había sido pagado por mí.

—¿Qué intención tenía usted —pregunté— al sustituir la carta por un facsímil? ¿No hubiera sido mejor apoderarse descaradamente de ella en su primera visita, y haber abandonado la mansión?

—D... es un hombre dispuesto a todo y muy decidido —replicó Dupin—. Y en su mansión no faltan criados devotos de su causa. Si me hubiera atrevido a hacer lo que usted indica, nunca habría salido de allí con vida. El buen pueblo de París no hubiese vuelto a oír hablar de mí. Pero, además, tenía una segunda intención. Ya conoce usted mis simpatías políticas. En este asunto he actuado como partidario de la dama en cuestión. Durante dieciocho meses el ministro la tuvo a su merced. Ahora es ella quien lo tiene a él en un puño, pues, desconociendo que la carta ya no está en su poder, D… seguirá presionando como si la tuviera, y esto le llevará a su ruina política. Su caída, por otra parte, será tan precipitada como ridícula. Está bien hablar del *facilis descensus Averni* [fácil desecenso a los Infiernos]; pero, en materia de ascensiones, como decía la Catalani del canto, es mucho más fácil subir que bajar. En este caso no tengo simpatía —ni siquiera compasión— por el que baja. D… es el *monstrum horrendum,* el hombre genial sin principios. Sin embargo, le confieso que me gustaría mucho conocer sus pensamientos cuando, desafiado por quien el prefecto llama «cierta persona», tenga que abrir la carta que le dejé en su tarjetero.

—¿Cómo? ¿Escribió algo en ella?

—¡Claro! No me pareció elegante dejar el interior en blanco. Hubiera sido un insulto. D… me jugó una vez, en Viena, una mala pasada, y sin perder la sonrisa le dije que no la olvidaría. Y, puesto que sentirá una enorme curiosidad por saber quién ha sido más ingenioso que él, pensé que era una lástima no dejarle una pista. Y, como conoce muy bien mi letra, copié, en mitad de la página, estas palabras:

> …*Un dessein si funeste,*
> *S'il n'est digne d'Atrée, est digne de Thyeste*[3].

Las encontrará usted en el *Atrée* de Crébillon.

---

[1] "Lo más odioso de la sabiduría es sacar mucha punta".

[2] Se puede apostar que toda idea pública, toda convicción admitida es una necedad, porque ha convenido a la mayoría.

[3] Tan funesto designio / si no es digno de Atreo, digno, en cambio, es de Tiestes.

EL POZO Y EL PÉNDULO

Impia tortorum longas hic turba furores
Sanguinis innocui, non satiata, aluit.
Sospite nunc patria, fracto nunc funeris antro,
Mors ubi dira fuit vita alusque patent.[1]

[Cuarteto compuesto para las puertas de un mercado
que había de ser construido en el emplazamiento del
Club de los Jacobinos de París.]

Sentía náuseas, náuseas de muerte después de esa larga agonía; y, cuando por fin me desataron y me dejaron
sentar, cromprendí que perdía el sentido. La sentencia,
la espantosa sentencia de muerte, fue el último sonido
reconocible que oyeron mis oídos. Después, el murmullo de las voces de los inquisidores pareció fundirse en
un soñoliento zumbido indeterminado. Y esto me trajo
a la mente la idea de *revolución,* tal vez porque en mi
fantasía la asociaba con el ronroneo de una rueda de molino. Aquello duró muy poco, porque pronto dejé de oír.
Sin embargo, pude ver, ¡pero qué terriblemente exagerado era todo! Vi los labios de los jueces con togas negras. Me parecían blancos…, más blancos que la hoja
sobre la que trazo estas palabras, y finos hasta lo grotesco;
finos por la intensidad de sus expresiones de firmeza, de
inamovibles resoluciones, de inflexibles desprecios hacia la tortura humana. Vi que los decretos de lo que para
mí era el destino estaban saliendo de aquellos labios. Los

vi retorcerse mientras pronunciaban una frase mortal. Los vi formar las sílabas de mi nombre, y me estremecí porque no me llegaba ningún sonido. Y en esos momentos de horror delirante vi también cómo oscilaban imperceptible y suavemente las negras colgaduras que tapaban las paredes de la sala. Entonces mi mirada se posó en las siete velas de la mesa. Al principio me parecieron símbolos de caridad, como blancos y estilizados ángeles que me salvarían; pero entonces, de repente, una náusea mortal recorrió mi espíritu y sentí que todas las fibras de mi cuerpo vibraban como si hubiera tocado los hilos de una batería galvánica, mientras las formas angélicas se convertían en fantasmas de cabezas llameantes, y entendí que no me vendría ninguna ayuda de ellos. Entonces penetró en mi fantasía, como una profunda nota musical, la idea de que la tumba debía ser el lugar del más dulce descanso. Ese pensamiento vino lentamente y de puntillas, de tal forma que pasó un tiempo antes de apreciarlo plenamente; pero en el instante en que mi espíritu llegaba a aferrarlo, las figuras de los jueces se desvanecieron como por arte de magia, las altas velas se hundieron en la nada, sus llamas se apagaron, y me envolvió la más negra oscuridad. Todas mis sensaciones fueron tragadas por el torbellino de una caída en profundidad, como la caída del alma en el Hades. Y luego el universo no fue más que silencio, quietud y noche.

Me había desmayado, pero no puedo afirmar que hubiera perdido por completo la conciencia. No trataré de definir, ni siquiera de describir, lo que me quedaba de ella, sin embargo no la había perdido por completo. En el más profundo sopor… ¡no! En el delirio… ¡no! En el desmayo… ¡no! En la muerte… ¡no!, incluso en la tumba *no* todo se pierde. De lo contrario, no existiría la inmortalidad para el hombre. Al despertarnos del más profundo sopor, rompemos el finísimo velo de algún sueño. Sin embargo, un segundo después (tan fino pudo haber sido aquel velo) no nos acordamos de haber soñado. Cuando volvemos a la vida después de un desmayo, pasamos por dos etapas: primero, la del sentimiento de la existencia mental o espiritual; segundo, la del sentimiento de la existencia física. Es probable que si, al llegar a la segunda etapa, pudiéramos recordar las impresiones de la primera, éstas contendrían multitud de recuerdos del abismo que se abre más atrás. Y ese abismo…, ¿qué es? ¿Cómo se pueden distinguir sus sombras de las de la tumba? Pero si las impresiones de lo que he llamado la primera etapa no se pueden recordar por un acto de voluntad, ¿no se presentarán inesperadamente, después de un largo intervalo, mientras nos preguntamos maravillados de dónde vienen? Aquél que no se ha desmayado no descubrirá extraños palacios y caras fantásticamente familiares en los troncos encendidos; no contemplará, flotando en el aire, las tristes visiones que la mayoría no es capaz de ver; no pensará en el perfume de una flor rara, no sentirá que su mente se exalta ante una cadencia musical que jamás le había llamado la atención antes.

Entre frecuentes y tenaces esfuerzos por recordar, entre encendidas luchas por recoger algún vestigio de ese estado de aparente aniquilación en el que se había hundido mi espíritu, ha habido momentos en los que he vislumbrado el triunfo; breves, brevísimos períodos en los que pude evocar recuerdos que, a la luz de mi lucidez posterior, sólo podían referirse a ese momento de aparente inconsciencia. Esas sombras de recuerdo me muestran, de una forma borrosa, altas figuras que me levantaron y me llevaron en silencio, descendiendo… descendiendo… siempre descendiendo…, hasta que un horrible mareo me sobrecogió ante la sola idea de lo interminable de ese descenso. También revelan el vago horror que sentía en mi corazón, por la quietud monstruosa que me invadía. Viene luego una sensación de súbita inmovilidad que invade todas las cosas; como si los que me llevaban (¡atroz cortejo!) hubieran cruzado en su descenso los límites de lo ilimitado y descansaran del cansancio de su tarea. Y después de esto llega a la mente un recorrido de desazón y humedad, y luego, todo es *locura,* la locura de una memoria que lucha entre cosas prohibidas.

De repente, el movimiento y el sonido volvieron otra vez a mi espíritu: el tumultuoso movimiento de mi corazón y, a mis oídos, el sonido de su latir. Siguió una pausa, en la que todo era confuso. Y otra vez sonido, movimiento y tacto, una sensación de hormigueo en todo mi cuerpo. Y luego la simple conciencia de existir, sin pensamiento, algo que duró bastante tiempo. Después, bruscamente, *el pensamiento,* y un terror estremecedor y el esfuerzo intenso por comprender mi verdadero estado. Siguió un profundo deseo de caer en la insensibilidad. Y otra vez un violento revivir del espíritu y el esfuerzo por moverme hasta conseguirlo. Y entonces el recuerdo vivo del proceso, los jueces, las negras colgaduras, la sentencia, la náusea, el desmayo. Y un olvido total de todo lo que siguió, de todo lo que tiempos posteriores, y con un esfuerzo intenso, me han permitido recordar vagamente.

Hasta ese momento no había abierto los ojos. Sentí que yacía de espaldas, sin estar atado. Extendí la mano, que cayó pesadamente sobre algo húmedo y duro. La dejé allí un tiempo, mientras intentaba imaginar dónde estaba y *qué* era de mí. Deseaba abrir los ojos, pero no me atrevía. Tenía miedo de esa primera mirada a los objetos que me rodeaban. No temía contemplar cosas horribles, me horrorizaba la posibilidad de que no tuviese *nada* que ver. Por fin, con atroz angustia en el corazón, abrí de golpe los ojos, y se confirmaron mis peores presentimientos. Me envolvía la oscuridad de la noche eterna. Luché por respirar. La intensidad de esa oscuridad parecía oprimirme y ahogarme. La atmósfera tenía una pesadez intolerable. Aún me quedé inmóvil, haciendo esfuerzos por razonar. Evoqué los procesos de la Inquisición, buscando encontrar mi verdadera situación, a partir de ese punto. Se había pronunciado la sentencia, y tenía la impresión de que desde entonces había transcurrido mucho tiempo. Pero ni por un instante me consideré realmente muerto. Pues esta suposición, a pesar de lo que leemos en los relatos de ficción, es totalmente incompatible con la verdadera existencia. Pero ¿dónde y en qué estado me encontraba? Yo sabía que, en general, los condenados a muerte perecían en los *autos da fé,* y uno de éstos se acababa de celebrar la misma noche de mi proceso. ¿Me habrían devuelto a mi calabozo a la espera del sacrificio próximo, que no tendría lugar hasta varios meses más tarde? Comprendí en seguida que eso era imposible. En esos días había una demanda inmediata de víctimas. Y, además, mi calabozo, como todas las celdas de los condenados en Toledo, tenía el suelo de piedra y no faltaba la luz.

Una espantosa idea hizo que la sangre se agolpara a torrentes en mi corazón, y por un breve instante volví a caer en la insensibilidad. Cuando me repuse, temblando como una hoja, extendí los brazos sin destino en todas direcciones. No encontré nada; pero no me atrevía a dar un paso por miedo a que me lo impidieran las paredes de una *tumba*. El sudor brotaba por todos mis poros, y tenía la frente empapada de gotas frías.

Pero la agonía de la incertidumbre acabó volviéndose inaguantable, y con cautela me moví hacia adelante, con los brazos extendidos, y con los ojos desencajados en la esperanza de captar el más débil rayo de luz. Anduve así unos pasos, pero todo seguía siendo oscuridad y vacío. Respiré con más libertad. Parecía evidente que mi destino no era el más horrible.

Y entonces, mientras seguía avanzando con cautela, se agolparon en mi memoria mil vagos rumores de las atrocidades que tenían lugar en Toledo. Se contaban cosas extrañas de los calabozos; algo que yo había tomado por invenciones, pero no por eso dejaban de ser menos extrañas y demasiado horrorosas para ser repetidas, salvo en voz baja. ¿Me dejarían morir de hambre en este subterráneo mundo de tinieblas, o me esperaría un destino quizás más espantoso? Conocía yo demasiado bien el carácter de mis jueces para dudar de que el resultado sería la muerte, y una muerte más amarga que la habitual. Lo que más me preocupaba y enloquecía era el modo y la hora de esa muerte.

Por fin mis manos extendidas tocaron un obstáculo sólido. Era una pared, al parecer de piedra, muy lisa, viscosa y fría. Me puse a seguirla, avanzando con toda la desconfianza que antiguos relatos me habían inspirado. Pero esto no me daba la oportunidad de conocer las dimensiones de mi calabozo, ya que daría toda la vuelta y volvería al punto de partida sin darme cuenta, por lo uniforme y lisa que parecía la pared. Por eso busqué el cuchillo que llevaba en mi bolsillo cuando me condujeron a la cámara inquisitorial, pero había desaparecido; mis ropas habían sido cambiadas por un sayo de burda estameña. Había pensado meter la hoja en alguna pequeña fisura de la mampostería para fijar mi punto de partida. La dificultad, sin embargo, no tenía importancia, aunque en el desorden de mi fantasía al principio me pareció insuperable. Arranqué al fin un trozo del borde del sayo y lo coloqué bien extendido y en ángulo recto con respecto a la pared. Al tentar toda la superficie mientras daba la vuelta a mi celda, encontraría así el trapo una vez concluido el recorrido. Esto es lo que, al menos, pensé, pero no había contado con el tamaño del calabozo ni con mi propia debilidad. El suelo estaba húmedo y resbaladizo. Avancé, tambaleándome, un trecho, pero tropecé y caí. El excesivo cansancio me indujo a permanecer postrado y el sueño no tardó en dominarme.

Al despertar y extender un brazo, encontré junto a mí un pan y un jarro de agua. Estaba demasiado agotado para reflexionar sobre esto, pero comí y bebí con muchas ganas. Poco después reanudé mi vuelta al calabozo, y con mucho esfuerzo llegué por fin al trozo de estameña. Hasta el momento en que caí había contado cincuenta y dos pasos, y al reanudar la vuelta otros cuarenta y ocho más antes de llegar al trapo. Había, pues, un total de cien pasos. Calculando una yarda por cada dos pasos, llegué a la conclusión de que el calabozo tenía un perímetro de cincuenta yardas. Sin embargo, había encontrado muchos ángulos en la pared y por eso no pude adivinar la forma exacta de la cripta; la llamo así porque no podía dejar de suponer que fuera una cripta.

Poca finalidad —y en realidad ninguna esperanza— tenían estas investigaciones, pero una vaga curiosidad me impulsaba a continuarlas. Apartándome de la pared decidí cruzar el calabozo por uno de sus diámetros. Al principio avancé con mucha precaución, pues, aunque el suelo parecía de un material sólido, resultaba peligrosamente resbaladizo por el limo acumulado. Por fin, cobré ánimo y no vacilé en dar pasos firmes, tratando de cruzar en una línea lo más recta posible. Había avanzado unos diez o doce pasos así cuando se me enredó en las piernas el trozo cortado del sayo. Lo pisé y caí violentamente de bruces.

En la confusión que siguió a mi caída no me percaté de un detalle que, pocos segundos después, y mientras aún yacía boca abajo, me llamó la atención. Era lo siguiente: tenía mi barbilla apoyada en el suelo del calabozo, pero mis labios y la parte superior de mi cabeza, que aparentemente deberían encontrarse a un nivel inferior al de la barbilla, no se apoyaban en nada. Al mismo tiempo, me pareció que un vapor viscoso bañaba mi frente, y el olor característico de hongos podridos penetró en mi narices. Extendí el brazo y me estremecí al descubrir que me había caído justo al borde de un pozo circular, cuya profundidad, de momento, me era imposible averiguar. Palpando la mampostería del brocal, conseguí desprender un pequeño fragmento y lo dejé caer al abismo. Durante largos segundos escuché cómo repercutía al chocar en su descenso contra las paredes del pozo; por fin, un chapoteo en el agua, al que siguieron sonoros ecos. En ese mismo instante oí un sonido parecido al de abrirse y cerrarse rápidamente una puerta en lo alto, mientras un débil rayo de luz cruzaba instantáneamente entre las tinieblas y desaparecía con la misma rapidez.

Comprendí claramente el destino que me habían preparado y me felicité por el oportuno accidente que me permitió escapar a tiempo. Un paso más, antes de mi caída, y el mundo nunca hubiera vuelto a saber nada de mí. La muerte de la que acababa de escapar tenía las mismas características que yo había rechazado como fabulosas y antojadizas en las historias que se contaban de la

Inquisición. Para las víctimas de su tiranía se reservaban dos clases de muerte: una llena de horribles sufrimientos físicos, y otra acompañada de sufrimientos morales aún más espantosos. Yo estaba destinado a esta última. Largos sufrimientos me habían desequilibrado los nervios, hasta el extremo que bastaba el sonido de mi voz para hacerme temblar, lo que me convertía en el sujeto adecuado para el tipo de tortura que me aguardaba.

Temblando de pies a cabeza y tanteando volví a la pared, resuelto a perecer allí antes de arriesgarme al terror de andar entre los pozos —pues mi imaginación suponía la existencia de muchos— que había en distintos lugares del calabozo. Si hubiera tenido otro estado de ánimo, quizá habría sacado valor para acabar de una vez con mis desgracias tirándome a uno de esos abismos, pero había llegado a convertirme en la persona más cobarde. Y tampoco podía olvidar lo que había leído sobre esos pozos, es decir, que su horrible disposición impedía que la vida se extinguiera *de golpe*.

La agitación de mi espíritu me mantuvo despierto durante largas horas, pero por fin acabé durmiéndome. Cuando me desperté, otra vez había a mi lado un pan y un jarro de agua. Me consumía una sed ardiente y vacié el jarro de un trago. El agua debía contener alguna droga, pues apenas la bebí me sentí irremediablemente soñoliento. Un sueño profundo cayó sobre mí, un sueño como el de la muerte. No sé, en realidad, cuánto duró, pero, cuando volví a abrir los ojos, los objetos que me rodeaban eran visibles. Gracias a un resplandor sulfuroso, cuyo origen no conseguí determinar al principio, pude ver la extensión y el aspecto de mi cárcel.

Me había equivocado mucho sobre su tamaño. El perímetro de las paredes no pasaba de veinticinco yardas. Durante unos minutos este hecho me causó unas preocupaciones inútiles. Completamente inútiles, pues nada podía tener menos importancia, en las terribles circunstancias que me rodeaban, que las simples dimensiones de mi calabozo. Pero mi espíritu se interesaba extrañamente de nimiedades y me esforcé por descubrir el error que había cometido en mis cálculos. Por fin se me reveló la verdad. En la primera tentativa de exploración había contado cincuenta y dos pasos hasta que me caí al suelo. Sin duda, en ese instante me encontraba a uno o dos pasos del trozo de estameña, o sea, casi había dado toda la vuelta al calabozo. Entonces me dormí y, al despertarme, debí emprender el camino en dirección contraria, es decir, volví sobre mis pasos, y así fue como supuse que el perímetro medía el doble de su verdadero tamaño. La confusión de mi mente me impidió advertir que había comenzado la vuelta teniendo la pared a la izquierda y la terminé con la pared a mi derecha.

También me había engañado sobre la forma del espacio. Al tantear las paredes había encontrado muchos ángulos, concluyendo por este motivo que el lugar era muy irregular. ¡Es tan potente el efecto de la oscuridad sobre el que se despierta de un letargo o sueño! Los ángulos no eran más que unas ligeras depresiones o entradas en distintos intervalos. Mi prisión tenía forma cuadrada. Lo que había tomado por mampostería era de hierro o algún otro metal, cuyas enormes planchas, en su unión o soldadura, ocasionaban esas depresiones. Toda la superficie de esta celda metálica aparecía toscamente pintarrajeada con las horrorosas y repulsivas imágenes que la sepulcral superstición de los monjes había sido capaz de concebir. Las pinturas de demonios amenazantes, de esqueletos y de otras imágenes aún más aterradoras cubrían y desfiguraban las paredes. Observé que las siluetas de aquellas monstruosidades eran bastante nítidas, pero que los colores parecían borrosos e indefinidos, como si los hubiera afectado la humedad de la atmósfera. Me di cuenta también de que el suelo era de piedra. En el centro se abría el pozo circular de cuyas fauces, abiertas como si bostezara, había podido escapar; pero no había ningún otro en el calabozo.

Vi todo esto sin muchos detalles y con gran esfuerzo, pues mi situación había cambiado mucho durante el sueño. Ahora yacía de espaldas, completamente estirado, sobre una especie de bastidor de madera. Estaba firmemente atado por una larga cuerda que parecía un cíngulo. Pasaba, dando vueltas y revueltas, por mis miembros y mi cuerpo, dejándome libres sólo la cabeza y el brazo izquierdo, que con mucho esfuerzo podía extender hasta los alimentos, colocados en un plato de barro a mi alcance. Vi, con desesperación, que se habían llevado el jarro de agua. Y digo con desesperación, porque me consumía una sed insoportable. Al parecer, la intención de mis torturadores era estimular esa sed, pues la comida del plato consistía en carne muy condimentada.

Mirando hacia arriba observé el techo de mi prisión. Tendría unos treinta o cuarenta pies de alto, y su construcción se parecía a la de las paredes. En uno de sus paneles una figura extraña atrajo mi atención. La pintura representaba el Tiempo, como se suele representar, salvo que, en lugar de guadaña, sostenía lo que me pareció la pintura de un pesado péndulo, semejante a los que vemos en los antiguos relojes. Sin embargo, algo de la apariencia de aquella pintura me movió a mirarla con más atención. Mientras la miraba directamente de abajo hacia arriba (porque estaba colocada exactamente encima de mí), tuve la impresión de que se movía. Un instante después esta impresión quedó confirmada. La oscilación del péndulo era breve, y, por supuesto, lenta. Lo observé durante un rato, con más perplejidad que miedo. Por fin, cansado de contemplar su movimiento monótono, volví los ojos a los otros objetos de la celda.

Un ligero ruido atrajo mi atención y, mirando hacia el suelo, vi cruzar varias ratas enormes. Habían salido del pozo, que estaba al alcance de mi vista, a la derecha. Aun entonces, mientras las miraba, subían muchas, apresuradamente, con ojos de hambre, atraídas por el olor de la carne humana. Me costó mucho trabajo ahuyentarlas del plato de comida.

Habría pasado media hora, quizás una hora —pues tenía una idea confusa del tiempo—, antes de levantar de nuevo la mirada hacia arriba. Lo que vi entonces me dejó confundido y asombrado. El desplazamiento del péndulo había aumentado casi una yarda. Y como consecuencia natural, su velocidad era mucho mayor. Pero lo que más me perturbó fue comprobar que había *descendido* visiblemente. Entonces observé —y es inútil añadir que con mucho horror— que su extremidad inferior estaba formada por una media luna de acero reluciente, que medía aproximadamente un pie de punta a punta; las puntas se curvaban hacia arriba y el borde inferior estaba tan afilado como una navaja. Aunque afilado como una navaja, el péndulo parecía pesado y macizo, ensanchándose desde el filo hasta rematar en una sólida y ancha masa. Colgaba de un pesado vástago de bronce, y todo el mecanismo *silbaba* al oscilar en el aire.

Ya no podía tener dudas sobre el destino que el torturador ingenio de los monjes me había preparado. Los agentes de la Inquisición se habían dado cuenta de mi descubrimiento del pozo, *el pozo,* cuyos horrores estaban destinados a un renegado tan obstinado como yo; *el pozo,* típico símbolo del infierno, última Thule de los castigos de la Inquisición, según se decía. Había evitado caer en ese pozo por el más casual accidente, y sabía perfectamente que la sorpresa, la precipitación brusca en los tormentos constituían una parte importante de las siniestras muertes que tenían lugar en aquellos calabozos. Al no haber caído en el pozo, el diabólico plan no contaba con arrojarme por la fuerza al abismo, y por eso —como no quedaba otra alternativa— ahora me aguardaba un final distinto y mucho más benigno. ¡Más benigno! Casi me sonreí en medio del espanto pensando en la aplicación de esta palabra.

¿Para qué sirve hablar durante largas, largas horas de un horror más que mortal, durante las cuales conté las silbantes vibraciones del acero? Pulgada tras pulgada, oscilación tras oscilación, un descenso que sólo puede apreciarse tras intervalos que parecían siglos... cada vez se iba aproximando más, mucho más. Pasaron días —puede que hayan pasado muchos días— antes de que oscilara tan cerca de mí, que parecía abanicarme con su acre aliento. El olor del afilado acero penetraba en mis sentidos.... Supliqué, cansando al cielo con mis ruegos, que el péndulo descendiera con más rapidez. Me volví loco, me desesperé e hice todo lo posible por ponerme de pie y quedar en el camino de la oscilación de la horrible cimitarra. Y después caí en una repentina calma, y me quedé inmóvil sonriendo a aquella reluciente muerte como un niño ante un bonito juguete.

Siguió otro intervalo de absoluta insensibilidad. Fue corto, pues al volver de nuevo a la vida noté que no se había producido ningún descenso perceptible del péndulo. Podía haber durado mucho, pues sabía que aquellos demonios estaban al acecho de mis desmayos y podrían haber detenido el péndulo a su capricho. Al volver en mí, me sentí inexpresablemente enfermo y débil, como después de un prolongado ayuno. Aun en la agonía de esas horas, la naturaleza humana ansiaba alimento. Con un penoso esfuerzo extendí el brazo izquierdo todo lo que me permitían las ataduras y me apoderé de unas pocas sobras que habían dejado las ratas. Cuando me llevaba una porción de alimento a los labios, pasó por mi mente un pensamiento de alegría apenas nacida…, de esperanza. Pero, ¿qué tenía *yo* que ver con la esperanza? Era aquél, como he dicho, un pensamiento apenas esbozado… El hombre tiene muchos así, que nunca llegan a completarse. Sentí que era de alegría, de esperanza, pero también sentí que acababa de extinguirse en plena elaboración. Luché en vano por completarlo, por recobrarlo. El prolongado sufrimiento había aniquilado casi por completo mis facultades mentales ordinarias. No era más que un imbécil, un idiota.

La oscilación del péndulo formaba un ángulo recto con mi cuerpo extendido. Vi que la media luna estaba orientada para cruzar la zona del corazón. Rompería la estameña de mi sayo…, volvería a repetir la operación…, y otra vez…, otra vez… A pesar de su recorrido terriblemente amplio (unos treinta pies o más) y de la silbante violencia de su descenso, capaz de romper incluso las paredes de hierro, lo único que haría durante varios minutos sería cortar mi sayo. Tuve que parar mis pensamientos a esa altura, pues no me atrevía a continuar mi reflexión. Me mantuve en ella, con la atención pertinazmente fija, como si haciendo esto pudiera detener *en ese punto* el descenso de la hoja de acero. Me obligué a meditar sobre el sonido que haría la media luna cuando pasara cortando el sayo y la extraña sensación de estremecimiento que produce en los nervios el roce de una tela. Pensé en todas estas frivolidades hasta el límite de mi aguante.

Bajaba…, seguía bajando lentamente. Sentí un frenético placer comparando la velocidad lateral con la de su descenso. A la derecha…, a la izquierda…, hacia los lados, con el aullido de un espíritu infernal…, hacia mi corazón, con el paso sigiloso del tigre. Sucesivamente me reí a carcajadas y chillé, según me dominara una u otra idea.

Bajaba…, ¡seguro, implacable, bajaba! Pasaba vibrando a tres pulgadas de mi pecho. Luché con violencia, furiosamente, para soltar mi brazo izquierdo, que sólo estaba libre a partir del codo. Podía llevar, con gran esfuerzo, la mano desde el plato, puesto a mi lado, hasta la boca, pero no más allá. Si hubiera podido romper las ataduras por encima de mi codo, habría intentado agarrar y detener el péndulo. ¡Pero hubiera sido igual que intentar atajar un alud!

Bajaba… ¡sin cesar, inevitablemente, bajaba! Luché, jadeando, a cada oscilación. Me encogía convulsivamente a cada paso por recorrido de péndulo. Mis ojos seguían su carrera hacia arriba o abajo con la ansiedad de la más inexplicable desesperación; mis párpados se cerraban con un espasmo en cada descenso, aunque la muerte hubiera sido un alivio, ¡qué alivio más inexpresable! Sin embargo se estremecía cada uno de mis nervios al pensar que el más mínimo deslizamiento del mecanismo precipitaría aquella reluciente y afilada hacha contra mi pecho. Esa *esperanza* hacía que se estremeciesen mis nervios y se contrajera mi cuerpo. Era la *esperanza* —esa esperanza que triunfa incluso en el potro de suplicio, que susurra al oído de los condenados a muerte hasta en los calabozos de la Inquisición.

Calculé que después de diez o doce oscilaciones el acero se pondría en contacto con mi sayo, y en el instante en que me di cuenta de este detalle se apoderó de mi espíritu toda la penetrante calma concentrada de la desesperación. Por primera vez en muchas horas o tal vez días me puse a *pensar*. Ahora se me ocurrió que la cuerda, o cíngulo que me ataba *era de una sola pieza*. Mis ligaduras no eran muchas cuerdas sueltas. El primer roce de la afiladísima media luna sobre la cuerda bastaría para soltarla y, con la ayuda de mi mano izquierda, podría desatarme del todo. Pero ¡qué espantosa, en ese caso, era la proximidad del acero! ¡Qué mortal resultaría la menor lucha! Además, ¿era verosímil que los esbirros de los torturadores no hubieran previsto esa posibilidad? ¿Era probable que la cuerda cruzara mi pecho en el mismo lugar por donde pasaría el péndulo? Temiendo descubrir que mi débil y, al parecer, última esperanza se frustrara, levanté la cabeza lo suficiente para distinguir con claridad mi pecho. El cíngulo envolvía mis miembros y mi cuerpo en todas direcciones, *salvo en el lugar por donde pasaría la media luna*.

Apenas había dejado caer la cabeza hacia atrás, me cruzó por la mente algo que sólo puedo describir como la informe mitad de aquella idea de liberación que he mencionado antes, y de la cual sólo una parte flotaba borrosamente en mi mente cuando llevé la comida a mis ardientes labios. Entonces el pensamiento completo estaba presente, débil, apenas sensato, apenas definido…, pero entero. Inmediatamente, con la nerviosa energía de la desesperación, me puse a ejecutarlo.

Durante horas y horas, gran cantidad de ratas había pululado por las proximidades del armazón de madera sobre el que estaba echado. Eran ratas salvajes, atrevidas, hambrientas; sus rojas pupilas me miraban centelleantes, como si esperaran verme inmóvil para convertirme en su presa. «¿A qué alimento —pensé— se habrán acostumbrado en el pozo?»

A pesar de mis esfuerzos por impedirlo, ya habían devorado el contenido del plato, salvo unas pocas migajas. Mi mano se había agitado como un abanico sobre el plato; pero, a la larga, la uniformidad del movimiento le hizo perder su efecto. En su voracidad, los asquerosos animales clavaban sus agudos dientes en mis dedos. Tomé entonces los trozos de la aceitosa y sazonada carne que quedaban en el plato, froté cuidadosamente con ellos las ataduras hasta donde pude alcanzar; y después, quitando la mano del suelo, permanecí completamente inmóvil, conteniendo la respiración.

De entrada los hambrientos animales se quedaron sorprendidos y aterrorizados por el cambio..., cesó el movimiento. Retrocedieron alarmados, y muchos se refugiaron en el pozo. Pero esto duró sólo un instante. Pues no en vano yo había contado con su voracidad. Al observar que seguía sin moverme, una o dos de las más atrevidas saltaron al armazón y olfatearon el cíngulo. Eso fue la señal para que todas entraran. Salían del pozo, corriendo en cuadrillas. Se agarraban a la madera, corrían por ella y saltaban a centenares por mi cuerpo. El acompasado movimiento del péndulo no les molestaba en absoluto. Evitando sus golpes, se precipitaron sobre las ligaduras untadas. Se apretujaban, cada vez corrían más por encima de mí. Se retorcían cerca de mi garganta, sus fríos hocicos buscaban mis labios. Yo me sentía ahogar bajo su creciente peso; un asco que no tiene nombre en este mundo llenaba mi pecho y helaba con su espesa viscosidad mi corazón. Pero un minuto más, y acabaría la lucha. Claramente percibí que se aflojaban las ataduras. Me di cuenta de que debían estar cortada en mas de una parte. Y, sin embargo, con una determinación que superaba lo humano, me mantuve *inmóvil*.

No me había equivocado en mis cálculos, ni había

aguantado todo aquello en vano. Por fin sentí que estaba *libre*. El cíngulo colgaba en tiras al lado de mi cuerpo. Pero el paso del péndulo ya alcanzaba mi pecho. Había partido la estameña del sayo y ahora cortaba la tela de mi camisa. Pasó dos veces más, y un dolor muy agudo recorrió mis nervios. Pero había llegado el momento de escapar. Apenas agité la mano, mis libertadoras huyeron precipitadamente. Con un movimiento uniforme, cauteloso, y encogiéndome todo lo que podía, me deslicé lentamente fuera de las ligaduras, fuera del alcance de la cimitarra. De momento, al menos, *estaba libre*.

Libre... ¡y en las garras de la Inquisición! Apenas me había apartado de mi lecho de horror para ponerme de pie en el piso de piedra del calabozo, cesó el movimiento de la máquina infernal y la vi subir, movida por una fuerza invisible, hasta desaparecer por el techo. Aquello fue una lección que aprendí muy desesperadamente. Estaba claro que espiaban cada uno de mis movimientos ¡Libre! Sólo había escapado de la muerte bajo una forma de tortura, para ser entregado a otra que sería peor aún que la misma muerte. Pensando en esto, recorrí nerviosamente con los ojos los barrotes de hierro que me encerraban. Algo insólito, un cambio que al principio no pude distinguir claramente, se había producido en el calabozo. Durante largos minutos, sumido en una temblorosa y vaga abstracción, estuve ocupado en vanas y deshilvanadas conjeturas. En estos momentos me di cuenta por primera vez del origen de la sulfurosa luz que iluminaba la celda. Procedía de una fisura de media pulgada de ancho, que rodeaba al calabozo al pie de todas las paredes, que así parecían —y en realidad lo estaban— completamente separadas del suelo. Me fue imposible ver nada a través de esa abertura, a pesar de mis esfuerzos.

Al ponerme otra vez de pie, comprendí de repente el misterio del cambio que había tenido lugar en la celda. Ya he dicho que, aunque las siluetas de las figuras pintadas en las paredes eran bastante nítidas, los colores parecían borrosos e indefinidos. Pero ahora esos colores habían adquirido un brillo intenso y sorprendente, que cada vez crecía más y que daba a las espectrales y diabólicas imágenes un aspecto que habría quebrantado nervios aún más fuertes que los míos. Ojos demoniacos, de una salvaje y aterradora vivacidad, me miraban ferozmente desde mil direcciones, donde ninguno antes había sido visible, y brillaban con el brillante resplandor de un fuego que mi imaginación no conseguía concebir como irreal.

¡Irreal!... Mientras respiraba, llegó a mis narices el olor característico del vapor que surge del hierro candente... Aquel olor sofocante llenaba la celda... Un brillo cada vez más profundo crecía en los ojos que contemplaban ferozmente mi agonía... Los sangrientos horrores representados en las paredes empezaron a ponerse rojos... Yo jadeaba, intentando respirar. Ya no tenía ninguna duda sobre la intención de mis torturadores... ¡Eran los más implacables, los más demoníacos entre los hombres! Corrí hacia el centro de la celda, alejándome del metal candente. Al enfrentarme en mi pensamiento con la horrible destrucción que me aguardaba, la idea de la frescura del pozo invadió mi alma como un bálsamo. Corrí hasta su borde mortal. Haciendo un esfuerzo, miré hacia abajo. El resplandor del ardiente techo iluminaba sus más recónditos recovecos. Y, sin embargo, durante un horrible instante, mi espíritu se negó a comprender el sentido de lo que veía. Por fin, ese sentido se abrió camino, avanzó poco a poco hasta mi mente, hasta grabarse en fuego en mi estremecida razón. ¡Cómo podría expresarlo!

¡Oh espanto! ¡Todo… todo menos eso! Con un alarido me tiré hacia atrás y hundí mi cara entre las manos, sollozando amargamente.

El calor aumentaba rápidamente, y una vez más miré hacia arriba, temblando como en un ataque de calentura. Un segundo cambio se había producido en la celda…, y esta vez el cambio tenía que ver con *su forma*. Igual que antes, fue inútil que intentara inmediatamente apreciar o comprender lo que estaba pasando. Pero mis dudas no duraron mucho. Mi doble escapatoria había acelerado la venganza de la Inquisición, y ya no permitiría más demoras el Rey de los Terrores. Hasta entonces mi celda había sido cuadrada. De repente vi que dos de sus ángulos de hierro se habían vuelto agudos y los otros dos, en consecuencia, obtusos. La espantosa diferencia creció rápidamente con un ruido profundo, retumbante y quejumbroso. En un instante la celda había cambiado su forma por la de un rombo. Pero el cambio no se paró ahí: yo no esperaba ni deseaba que se detuviera. Podría haber apretado mi pecho contra las rojas paredes, como si fueran vestiduras de paz eterna. «¡La muerte!» —clamé—. «¡Cualquier muerte menos la del pozo!» ¡Insensato! ¿No me resultaba completamente claro que esos hierros al rojo vivo no tenían otro objeto que precipitarme *en el pozo?* ¿Podría resistir yo el fuego? Y si no lo resistía, ¿cómo me podría oponer a su presión? El rombo se iba achatando cada vez más, con una rapidez que no me dejaba tiempo de mirar. Su centro, y por tanto su diagonal mayor, llegaba ya al abierto abismo. Me tiré para atrás, pero las paredes movientes me empujaban irresistiblemente hacia adelante. Por fin no quedaba ni una pulgada sobre el suelo firme del calabozo donde apoyar mi retorcido y quemado cuerpo. Dejé de luchar, pero la agonía de mi alma se desahogó en un agudo, prolongado alarido final de desesperación. Sentí que me tambaleaba al borde del pozo... Desvié la mirada.

¡Y escuché un discordante clamor de voces humanas! ¡Resonó un fuerte toque de trompetas! ¡Oí un áspero chirriar parecido al de mil truenos! ¡Las ardientes paredes retrocedieron! Una mano extendida cogió la mía, cuando, desvanecido, caía al abismo. Era la del general Lasalle. El ejército francés acababa de entrar en Toledo. La Inquisición había caído en manos de sus enemigos.

---

[1] Aquí la impía turba de verdugos, no saciada,
alimentó su gran furor de sangre inocente.
Salvada ya la patria, quebrantando el antro de la muerte,
donde anidaba el crimen monstruoso florecen la vida y la salud.

BERENICE

*Dicebant mihi sodales, si sepulchrum amicae visitarem,
curas meas aliquantulum fore levatas.*

(Ebn Zaiat)[1]

La desdicha es muy variada. La desgracia cunde mul-
tiforme en la tierra. Desplegada por el ancho horizonte,
como el arco iris, sus colores son tan variados como los
de éste, a la vez tan distintos y tan íntimamente unidos.
¡Desplegada por el ancho horizonte como el arco iris!
¿Cómo es que de la belleza ha derivado un tipo de feal-
dad; de la alianza y la paz, un símil del dolor? Igual que
en la ética el mal es consecuencia del bien, en realidad
de la alegría nace la tristeza. O la memoria de la dicha
pasada es la angustia de hoy, o las agonías que *son* se
originan en los éxtasis que *pudieron haber sido*.

Mi nombre de pila es Egaeus; no diré mi apellido. Sin
embargo, no hay en este país torres más venerables que
las de mi sombría y lúgubre mansión. Nuestro linaje ha
sido llamado raza de visionarios; y en muchos sorpren-
dentes detalles, en el carácter de la mansión familiar, en
los frescos del salón principal, en los tapices de las al-
cobas, en los relieves de algunos pilares de la sala de
armas, pero sobre todo en la galería de cuadros antiguos,
en el estilo de la biblioteca, y, por último, en la natura-

leza muy peculiar de los libros, hay elementos suficientes para justificar esta creencia.

Los recuerdos de mis primeros años se relacionan con esta mansión y con sus libros, de los que ya no volveré a hablar. Allí murió mi madre. Allí nací yo. Pero es inútil decir que no había vivido antes, que el alma no conoce una existencia previa. ¿Lo negáis? No discutiremos este punto. Yo estoy convencido, pero no intento convencer. Sin embargo, hay un recuerdo de formas etéreas, de ojos espirituales y expresivos, de sonidos musicales y tristes, un recuerdo que no puedo marginar; una memoria como una sombra, vaga, variable, indefinida, vacilante; y como una sombra también por la imposibilidad de librarme de ella mientras brille la luz de mi razón.

En esa mansión nací yo. Al despertar de repente de la larga noche de lo que parecía, sin serlo, la no-existencia, a regiones de hadas, a un palacio de imaginación, a los extraños dominios del pensamiento y de la erudición monásticos, no *es* extraño que mirase a mi alrededor con ojos asombrados y ardientes, que malgastara mi niñez entre libros y disipara mi juventud en ensueños; pero sí es extraño que pasaran los años y el apogeo de la madurez me encontrara viviendo áun en la mansión de mis antepasados; es asombrosa la parálisis que cayó sobre las fuentes de mi vida, asombrosa la inversión completa en el carácter de mis pensamientos más comunes. Las realidades del mundo terrestre me afectaron como visiones, sólo como visiones, mientras las extrañas ideas del mundo de los sueños, por el contrario, se tornaron no en materia de mi existencia cotidiana, sino realmente en mi única y total existencia.

Berenice y yo éramos primos y crecimos juntos en la

mansión de nuestros antepasados. Pero crecimos de modo distinto: yo, enfermizo, envuelto en tristeza; ella, ágil, graciosa, llena de fuerza; suyos eran los paseos por la colina; míos, los estudios del claustro; yo, viviendo encerrado en mí mismo, entregado en cuerpo y alma a la intensa y penosa meditación; ella, vagando sin preocuparse de la vida, sin pensar en las sombras del camino ni en el silencioso vuelo de las horas de alas negras. ¡Berenice! Invoco su nombre... ¡Berenice! Y ante este sonido se conmueven mil tumultuosos recuerdos de las grises ruinas. ¡Ah, acude vívida su imagen a mí, como en sus primeros días de alegría y de dicha! ¡Oh encantadora y fantástica belleza! ¡Oh sílfide entre los arbustos de Arnheim! ¡Oh náyade entre sus fuentes! Y entonces, entonces todo es misterio y terror, y una historia que no se debe contar. La enfermedad —una enfermedad mortal— cayó sobre ella como el simún, y, mientras yo la contemplaba, el espíritu del cambio la arrasó, penetrando en su mente, en sus costumbres y en su carácter, y de la forma más sutil y terrible llegó a alterar incluso su identidad. ¡Ay! La fuerza destructora iba y venía, y la víctima..., ¿dónde estaba? Yo no la conocía, o, al menos, ya no la reconocía como Berenice.

Entre la numerosa serie de enfermedades provocadas por aquella primera y fatal, que desencadenó una revolución tan horrible en el ser moral y físico de mi prima, hay que mencionar como la más angustiosa y obstinada una clase de epilepsia que con frecuencia terminaba en *catalepsia,* estado muy parecido a la extinción de la vida, del cual, en la mayoría de los casos, se despertaba de forma brusca y repentina. Mientras tanto, mi propia enfermedad —pues me han dicho que no debería darle otro nombre—, mi propia enfermedad, digo, crecía con extrema rapidez, asumiendo un carácter monomaníaco de una especie nueva y extraordinaria, que se hacía más fuerte cada hora que pasaba y, por fin, tuvo sobre mí un incomprensible ascendiente. Esta monomanía, si así tengo que llamarla, consistía en una morbosa irritabilidad de esas propiedades de la mente que la ciencia psicológica designa con la palabra *atención*. Es más que probable que no me explique; pero temo, en realidad, que no haya forma posible de trasmitir a la inteligencia del lector corriente una idea de esa nerviosa *intensidad de interés* con que en mi caso las facultades de meditación (por no hablar en términos técnicos) actuaban y se concentraban en la contemplación de los objetos más comunes del universo.

Reflexionar largas, infatigables horas con la atención fija en alguna nota trivial, en los márgenes de un libro o en su tipografía; estar absorto durante buena parte de un día de verano en una sombra extraña que caía oblicuamente sobre el tapiz o sobre la puerta; perderme toda una noche observando la tranquila llama de una lámpara o los rescoldos del fuego; soñar días enteros con el perfume de una flor; repetir monótonamente una palabra común hasta que el sonido, gracias a la continua repetición, dejaba de suscitar en mi mente alguna idea; perder todo sentido del movimiento o de la existencia física, mediante una absoluta y obstinada quietud del cuerpo, mucho tiempo mantenida: éstas eran algunas de las extravagancias más comunes y menos perniciosas provocadas por un estado de las facultades mentales, en realidad no único, pero capaz de desafiar cualquier tipo de análisis o explicación.

Pero no se me entienda mal. La excesiva, intensa y morbosa atención, excitada así por objetos triviales en sí, no tiene que confundirse con la tendencia a la meditación, común en todos los hombres, y a la que se entregan de forma particular las personas de una imaginación inquieta. Tampoco era, como pudo suponerse al principio, una situación grave ni la exageración de esa tendencia, sino primaria y esencialmente distinta, diferente. En un caso, el soñador o el fanático, interesado por un objeto normalmente *no* trivial, lo pierde poco a poco de vista en un bosque de deducciones y sugerencias que surgen de él, hasta que, al final de una ensoñación *llena muchas veces de voluptuosidad,* el *incitamentum* o primera causa de sus meditaciones desaparece completamente y queda olvidado. En mi caso, el objeto primario era *invariablemente trivial,* aunque adquiría, mediante mi visión perturbada, una importancia refleja e irreal. Pocas deducciones, si había alguna, surgían, y esas pocas volvían pertinazmente al objeto original como a su centro. Las meditaciones *nunca* eran agradables, y al final de la ensoñación, la primera causa, lejos de perderse de vista, había alcanzado ese interés sobrenaturalmente exagerado que constituía el rasgo primordial de la enfermedad. En una palabra, las facultades que más ejercía la mente en mi caso eran, como ya he dicho, las de *la atención;* mientras que en el caso del soñador son las de *la especulación.*

Mis libros, en esa época, si no servían realmente para aumentar el trastorno, compartían en gran medida, como se verá, por su carácter imaginativo e inconexo, las características peculiares del trastorno mismo. Puedo recordar, entre otros, el tratado del noble italiano Coelius Secundus Curio, *De amplitudine beati regni Dei* [La grandeza del reino santo de Dios]; la gran obra de San Agustín, *De civitate Dei* [La ciudad de Dios], y la de Tertuliano, *De carne Christi* [La carne de Cristo], cuya sentencia paradójica: *Mortuus est Dei filius: credibile est quia ineptum est; et sepultus resurrexit: certum est quia impossibile est*[2], ocupó durante muchas semanas de inútil y laboriosa investigación todo mi tiempo.

Así se verá que, arrancada de su equilibrio sólo por cosas triviales, mi razón se parecía a ese peñasco marino del que nos habla Ptolomeo Hefestión, que resistía firme los ataques de la violencia humana y la furia más feroz de las aguas y de los vientos, pero temblaba a simple contacto de la flor llamada asfódelo. Y aunque para un observador desapercibido pudiera parecer fuera de toda duda que la alteración producida en la condición *moral* de Berenice por su desgraciada enfermedad me habría proporcionado muchos temas para el ejercicio de esa meditación intensa y anormal, cuya naturaleza me ha costado bastante explicar, sin embargo no era éste el caso. En los intervalos lúcidos de mi mal, la calamidad de Berenice me daba lástima, y, profundamente conmovido por la ruina total de su hermosa y dulce vida, no dejaba de meditar con frecuencia, amargamente, en los prodigiosos mecanismos por los que había llegado a producirse una revolución tan repentina y extraña. Pero estas reflexiones no compartían la idiosincrasia de mi enfermedad, y eran como las que se hubieran presentado, en circunstancias semejantes, al común de los mortales. Fiel a su propio carácter, mi trastorno se recreaba en los cambios de menor importancia, pero más llamativos, producidos en la constitución *física* de Berenice, en la extraña y expantosa deformación de su identidad personal.

En los días más brillantes de su belleza incomparable no la amé. En la extraña anomalía de mi existencia, mis sentimientos *nunca venían* del corazón, y mis pasiones *siempre venían* de la mente. En los brumosos amaneceres, en las sombras entrelazadas del bosque al mediodía y en el silencio de mi biblioteca por la noche ella había flotado ante mis ojos, y yo la había visto, no como la Berenice viva y palpitante, sino como la Berenice de un sueño; no como una moradora de la tierra, sino como su abstracción; no como algo para admirar, sino para analizar; no como un objeto de amor, sino como tema de la más abstrusa aunque inconexa especulación. Y *ahora,* ahora temblaba en su presencia y palidecía cuando se acercaba; sin embargo, lamentando amargamente su decadencia y su ruina, recordé que me había amado mucho tiempo, y que, en un momento aciago, le hablé de matrimonio.

Y cuando, por fin, se acercaba la fecha de nuestro matrimonio, una tarde de invierno, en uno de esos días intempestivamente cálidos, tranquilos y brumosos, que constituyen la nodriza de la bella Alcíone*, estaba yo sentado (y creía encontrarme solo) en el gabinete interior de la biblioteca y, al levantar los ojos, vi a Berenice ante mí.

¿Fue mi imaginación excitada, la influencia de la atmósfera brumosa, la incierta luz crepuscular del aposento, los vestidos grises que envolvían su figura los que le dieron un contorno tan vacilante e indefinido? No sabría decirlo. Ella no dijo una palabra, y yo por nada del mundo hubiera podido pronunciar una sílaba. Un escalofrío helado cruzó mi cuerpo; me oprimió una sensación de insufrible ansiedad; una curiosidad devoradora invadió mi alma, y, reclinándome en la silla, me quedé un rato sin aliento, inmóvil, con mis ojos clavados en su persona. ¡Ay! Su delgadez era extrema, y ni la menor huella de su ser anterior se mostraba en una sola línea del contorno. Mi ardiente mirada cayó por fin sobre su rostro.

La frente era alta, muy pálida, y extrañamente serena; lo que en un tiempo fuera cabello negro azabache caía parcialmente sobre la frente y sombreaba las sienes

hundidas con innumerables rizos de un color rubio reluciente, que contrastaban discordantes, por su matiz
fantástico, con la melancolía de su rostro. Sus ojos no
tenían brillo y parecían sin pupilas; y esquivé involuntariamente su mirada vidriosa para contemplar sus labios,
finos y contraídos. Se entreabrieron; y en una sonrisa de
expresión peculiar *los dientes* de la desconocida Berenice se revelaron lentamente a mis ojos. ¡Quiera Dios
que nunca los hubiera visto o que, después de verlos,
hubiera muerto!

El golpe de una puerta al cerrarse me distrajo, y, al
levantar la vista, descubrí que mi prima había salido del
aposento. Pero de los desordenados aposentos de mi cerebro, ¡ay!, no había salido ni se podía apartar el blanco
y horrible *espectro* de los dientes. Ni una mota en su superficie, ni una sombra en el esmalte, ni una mella en
sus bordes había en los dientes de esa sonrisa fugaz que
no se grabara en mi memoria. *Ahora* los veía con más
claridad que un momento *antes*. ¡Los dientes! ¡Los dientes! Estaban aquí, y allí, y en todas partes, visibles y pal-
pables ante mí, largos, finos y excesivamente blancos,
con los pálidos labios contrayéndose a su alrededor,
como en el mismo instante en que habían empezado a
crecer. Entonces llegó toda la furia de mi *monomanía*,
y yo luché en vano contra su extraña e irresistible influencia. Entre los muchos objetos del mundo externo
sólo pensaba en los dientes. Los anhelaba con un deseo
frenético. Todos las demás preocupaciones y los demás
intereses quedaron supeditados a esa contemplación.
Ellos, ellos eran los únicos que estaban presentes a mi
mirada mental, y en su insustituible individualidad llegaron a ser la esencia de mi vida intelectual. Los exa-

miné bajo todos los aspectos. Los vi desde todas las perspectivas. Analicé sus características. Estudié sus peculiaridades. Me fijé en su conformación. Pensé en los cambios de su naturaleza. Me estremecí al atribuirles, en la imaginación, un poder sensible y consciente y, aun sin la ayuda de los labios, una capacidad de expresión moral. De mademoiselle Sallé se ha dicho con razón *que tous ses pas étaient des sentiments,* y de Berenice yo creía seriamente *que toutes ses dents étaient des idées.*[3] *Des idées!* ¡Ah, este absurdo pensamiento me destruyó! *Des idées!* ¡Ah, *por eso* los codiciaba tan deseperadamente! Sentí que sólo su posesión me podría devolver la paz, devolviéndome la razón.

Y la tarde cayó sobre mí; y vino la oscuridad, duró y se fue, y amaneció el nuevo día, y las brumas de una segunda noche se acumularon alrededor, y yo seguía inmóvil, sentado, en aquella habitación solitaria; y seguí sumido en la meditación, y el *fantasma* de los dientes mantenía su terrible dominio, como si, con una claridad viva y horrible, flotara entre las cambiantes luces y sombras de la habitación. Al fin irrumpió en mis sueños un grito de horror y consternación; y después, tras una pausa, el ruido de voces preocupadas, mezcladas con apagados gemidos de dolor y de pena. Me levanté de mi asiento y, abriendo las puertas de la biblioteca, vi en la antesala a una criada, deshecha en lágrimas, quien me dijo que Berenice ya no existía. Había sufrido un ataque de epilepsia por la mañana temprano, y ahora, al caer la noche, ya estaba preparada la tumba para recibir a su ocupante, y terminados los preparativos del entierro.

Me encontré sentado en la biblioteca, y de nuevo solo. Parecía que había despertado de un sueño confuso y excitante. Sabía que era medianoche y que desde la puesta del sol Berenice estaba enterrada. Pero no tenía una idea exacta, o por los menos definida, de ese melancólico período intermedio. Sin embargo, el recuerdo de ese intervalo estaba lleno de horror, horror más horrible por ser vago, terror más terrible por ser ambiguo. Era una página espantosa en la historia de mi existencia, escrita con recuerdos siniestros, horrorosos, ininteligibles. Luché por descifrarlos, pero fue en vano; mientras tanto, como el espíritu de un sonido lejano, un agudo y penetrante grito de mujer parecía sonar en mis oídos. Yo había hecho algo. Pero, ¿qué era? Me hice la pregunta en voz alta y los susurrantes ecos de la habitación me contestaron: *¿Qué era?*

En la mesa, a mi lado, brillaba una lámpara y cerca de ella había una pequeña caja. No tenía un aspecto llamativo, y yo la había visto antes, pues pertenecía al médico de la familia. Pero, ¿cómo había llegado *allí*, a mi mesa y por qué me estremecí al fijarme en ella? No merecía la pena tener en cuenta estas cosas, y por fin mis ojos cayeron sobre las páginas abiertas de un libro y sobre una frase subrayada. Eran las extrañas pero sencillas palabras del poeta Ebn Zaiat: *«Dicebant mihi sodales, si sepulchrum amicae visitarem, curas meas aliquantulum fore levatas»*. ¿Por qué, al leerlas, se me pusieron los pelos de punta y se me heló la sangre en las venas?

Sonó un suave golpe en la puerta de la biblioteca y, pálido como habitante de una tumba, un criado entró de puntillas. Había en sus ojos un espantoso terror y me habló con una voz quebrada, ronca y muy baja. ¿Qué dijo? Oí unas frases entrecortadas. Hablaba de un grito salvaje que había turbado el silencio de la noche, y de la servidumbre reunida para averiguar de dónde procedía, y su voz recobró un tono espeluznante, claro, cuando me habló, susurrando, de una tumba profanada, de un cadáver envuelto en la mortaja y desfigurado, pero que aún respiraba, aún palpitaba, ¡aún *vivía!*

Señaló mis ropas: estaban manchadas de barro y de sangre. No contesté nada; me tomó suavemente la mano: tenía huellas de uñas humanas. Dirigió mi atención a un objeto que había en la pared; lo miré durante unos minutos: era una pala. Con un grito corrí hacia la mesa y agarré la caja. Pero no pude abrirla, y por mi temblor se me escapó de las manos, y se cayó al suelo, y se rompió en pedazos; y entre éstos, entrechocando, rodaron unos instrumentos de cirugía dental, mezclados con treinta y dos diminutos objetos blancos, de marfil, que se desparramaron por el suelo.

---

[1] "Mis camaradas me decían que, si visitaba el sepulcro de mi amiga, algo se aliviarían mis preocupaciones." (Ben Zaid, 891-961).

[2] "El hijo de Dios ha muerto: es tanto más creíble cuanto más incongruente; y sepultado, resucitó: es tan cierto como imposible."

[3] "Todos sus pasos eran sentimientos. Todos sus dientes eran ideas".

* Como Júpiter, durante el invierno, da por dos veces siete días de calor, a este tiempo clemente y templado los hombres lo han llamado la nodriza de la hermosa Alcíone *(Simónides)*.

LIGEIA

Y allí yace la voluntad, que no muere. ¿Quién conoce los misterios de la voluntad y su fuerza? Pues Dios no es más que una gran voluntad que penetra todas las cosas por obra de su fuerza. El hombre no se doblega a los ángeles, ni totalmente a la muerte, si no es por la flaqueza de su débil voluntad.

JOSEPH GRANVILL

Juro por Dios que no puedo recordar cómo, cuándo ni siquiera dónde conocí a la señorita Ligeia. Muchos años han pasado desde entonces y el sufrimiento ha debilitado mi memoria. O tal vez *ahora* no puedo recordar esos detalles, porque en realidad el carácter de mi amada, su extraordinaria erudición, su excitante y, a la vez, plácida belleza, y la penetrante y cautivadora elocuencia de su expresión profunda y musical se abrieron camino en mi corazón con pasos tan constantes, tan delicados, que me pasaron inadvertidos e ignorados. No obstante, creo que la conocí por primera vez y la vi con frecuencia en una gran ciudad antigua y en ruinas cerca del Rin. Seguramente me habló de su familia. Y no cabe duda de que su estirpe era remota. ¡Ligeia! ¡Ligeia! Encerrado en mis estudios, que, por su índole, son los que mejor pueden amortiguar las impresiones del mundo exterior, sólo por esta dulce palabra, Ligeia, acude a los ojos de mi fantasía la imagen de aquélla que ya no existe. Y ahora, mientras escribo, me asalta como un rayo el recuerdo de que *nunca supe* el apellido paterno de quien fuera mi amiga y prometida, luego compañera de estudios y, por fin, la esposa de mi corazón. ¿Fue por una amable orden de mi Ligeia o para poner a prueba la fuerza de mi afecto por lo que no pude descubrir este detalle? ¿O fue más bien un capricho mío, una ofrenda loca y romántica en el altar de la devoción más apasionada? Sólo recuerdo el hecho confusamente. ¿Puede resultar extraño que me haya olvidado por completo de las circunstancias que lo originaron o lo acompañaron? Y, si es verdad que alguna vez ese espíritu que llaman *Romance,* o la pálida *Ashtophet* del Egipto idólatra han presidido, como cuentan, los matrimonios fatídicos, no me cabe la menor duda que presidieron el mío.

Pero hay algo muy querido, sobre lo que mi memoria no falla. Es la *persona* de Ligeia. Era alta, más bien delgada, y, en sus últimos días, casi descarnada. Resultaría inútil intentar describir su majestad, la serenidad de su porte o la inconcebible ligereza y elegancia de su caminar. Entraba y salía como una sombra. Nunca me percataba de su aparición en mi cerrado gabinete de trabajo, a no ser por la amable música de su dulce y profunda voz, cuando posaba su mano de mármol en mi hombro. Ninguna mujer igualó la belleza de su rostro. Era el esplendor de un sueño de opio, una visión etérea y arrebatadora, más extrañamente divina que las fantasías que revoloteaban en las almas adormecidas de las hijas de Delos. Sin embargo, sus facciones no eran de esa regularidad que falsamente nos han enseñado a adorar en las obras clásicas del paganismo. «No hay una belleza exquisita —dice Bacon, lord de Verulam, refiriéndose con precisión a las formas y *genera* [géneros] de la hermosura— sin algo *extraño* en las proporciones.» No obs-

tante, aunque veía que las facciones de Ligeia no eran
de una regularidad clásica, aunque sentía que su hermosura era realmente «exquisita» y percibía que había
mucho «extraño» en ella, sin embargo inútilmente intenté descubrir la irregularidad y rastrear el origen de mi per-
cepción de lo «extraño». Examiné el contorno de su frente
alta y pálida: era impecable —¡qué fría resultaba esta palabra aplicada a una majestad tan divina!— la piel, que
rivalizaba con el marfil más puro, por su amplitud y serenidad, la suave prominencia de sus cejas, y luego los
cabellos de negro azabache, lustrosos, abundantes y naturalmente rizados, que mostraban la fuerza del epíteto
homérico: «cabellera de jacinto». Miraba el delicado per-
fil de la nariz, y sólo en los elegantes medallones de los
hebreos había contemplado una perfección así. Tenía la
misma superficie completa y suave, la misma tendencia
casi imperceptible a ser aguileña, las mismas aletas ar-
moniosamente curvas, que revelaban un espíritu libre.
Contemplaba la dulce boca. Ahí se veía realmente el triunfo de todas las cosas celestiales: la magnífica sinuosidad
del labio superior, la suave y voluptuosa calma del inferior, los hoyuelos juguetones y el expresivo color; los
dientes que reflejaban con un brillo casi sorprendente los
rayos de luz bendita que caía sobre ellos en la más serena y plácida y, a la vez, espléndida y radiante sonrisa.
Analizaba la forma de la barbilla, y aquí también encontraba la noble amplitud, la suavidad y la majestad, la plenitud y la espiritualidad de lo griego, el contorno que el
dios Apolo reveló sólo en sueños a Cleomenes, el hijo
del ateniense. Y entonces me asomaba a los profundos
ojos de Ligeia.

Para ojos no tenemos modelos en la antigüedad. Quizás también podía suceder que en los de mi amada yacía el secreto al cual alude lord de Verulam. Eran, creo,

más grandes que los ojos normales de nuestra raza, más grandes que los de las gacelas de la tribu del valle de Nourjahad. Pero sólo en algunos instantes, en instantes de intensa excitación, se hacía notar mucho más ese rasgo de Ligeia. Y en esos momentos su belleza —quizá mi fantasía ardiente la veía así— era la de los seres que están por encima o fuera de la tierra, la belleza de la fabulosa hurí de los turcos. Sus ojos eran del negro más brillante, velados por oscuras y largas pestañas. Las cejas, con una línea algo irregular, eran del mismo color. Pero lo «extraño» que encontraba en sus ojos era independiente de su forma, del color, del brillo, y no quedaba más que atribuirlo a la *expresión*. ¡Ah, palabra sin sentido, tras cuya vasta extensión de mero sonido se esconde nuestra ignorancia de lo espiritual! ¡La expresión de los ojos de Ligeia…! ¡Cuántas horas he meditado sobre ella! ¡Cuántas noches de verano luché por sondearla! ¿Qué era eso, mas profundo que el pozo de Demócrito, que yacía en el fondo de las pupilas de mi amada? *¿Qué era?* Me dominaba la pasión de descubrirlo. ¡Aquellos ojos! ¡Esas grandes, brillantes y divinas pupilas! Llegaron a ser para mí las estrellas gemelas de Leda, y yo era para ellos el más devoto astrólogo.

No hay, entre las muchas anomalías incomprensibles de la ciencia psicológica, tema más emocionante, más excitante que el hecho —creo que nunca mencionado por las escuelas— de que, en nuestros esfuerzos por traer a la memoria algo durante largo tiempo olvidado, con frecuencia nos encontramos *al borde mismo* del recuerdo, sin que se pueda por fin amarrarlo. Y así muchas veces, en mi intenso examen de los ojos de Ligeia, sentí que me acercaba al conocimiento exacto de su expresión, sentí que me acercaba, pero no lo hacía mío, desaparecía por completo. Y (¡qué cosa más extraña, el más extraño misterio!) encontraba, en los objetos más comunes del universo, un círculo de analogías con aquella expresión. Quiero decir que, después de que la belleza de Ligeia entró en mi espíritu, morando como en un santuario, yo sacaba de muchos objetos del mundo material un sentimiento parecido al que despertaban dentro de mí sus grandes y luminosas pupilas. Pero no por este motivo puedo definir mejor ese sentimiento, ni analizarlo, ni siquiera contemplarlo con calma. Lo he reconocido a veces, repito, en una parra que creía, en una mariposa, en una crisálida, en la corriente de un río. Lo he experimentado en el océano, en la caída de un meteoro. Lo he sentido en las miradas de personas muy viejas. Y hay una o dos estrellas en el cielo (especialmente una, de sexta magnitud, doble y cambiante, que se encuentra cerca de la gran estrella de Lira), que, miradas por un telescopio, me han trasmitido el mismo sentimiento. Me ha embargado al escuchar ciertos sonidos de instrumentos de cuerda y con frecuencia al leer pasajes de determinados libros. Entre otros innumerables ejemplos, recuerdo bien algo escrito en un volumen de Joseph Glanvill, que (quizá simplemente por lo insólito, ¡vete a saber!) nunca ha dejado de inspirarme ese sentimiento: «Y allí yace la voluntad, que no muere. ¿Quién conoce los misterios de la voluntad y su fuerza? Pues Dios no es más que una gran voluntad que penetra todas las cosas por obra de su fuerza. El hombre no se doblega a los ángeles, ni totalmente a la muerte, si no es por la flaqueza de su débil voluntad».

El paso de los años y la reflexión consiguiente me han permitido establecer cierta conexión remota entre este pasaje del moralista inglés y un aspecto del carácter de Ligeia. La *intensidad* de pensamiento, de acción, de palabra era posiblemente en ella el resultado, o por lo menos un índice, de esa gigantesca voluntad que, durante nuestras largas relaciones, no dejó de dar otras muchas y evidentes pruebas de su existencia. De entre todas las mujeres que he conocido, la externamente tranquila y siempre plácida Ligeia era presa con más violencia que ninguna de los tumultuosos buitres de la inflexible pasión. Yo no podía estimar esa pasión, a no ser por el milagroso dilatarse de aquellos ojos que me encandilaban y me aterraban a la vez, por la melodía casi mágica, la modulación, la claridad y la placidez de su voz tan profunda, y por la feroz energía (doblemente efectiva en contraste con su modo de expresarse) con que pronunciaba habitualmente sus extrañas palabras.

He mencionado la erudición de Ligeia: era tan inmensa, como nunca encontré en una mujer. Su conocimiento de las lenguas clásicas era profundo y, en lo que podía juzgar por mis nociones de los dialectos modernos de Europa, nunca la pillé en falta. A decir verdad, en cualquier tema de la alabada erudición académica, admirada simplemente por ser abstrusa, ¿*alguna* vez pillé a Ligeia en falta? ¡De qué forma más singular y penetrante llamó la atención este detalle del carácter de mi esposa en estos últimos tiempos! Dije que sus conocimientos eran tan amplios que nunca los había encontrado en otra mujer, pero ¿dónde está el hombre que haya recorrido en *toda* su amplia extensión las ciencias morales, físicas y matemáticas? No vi entonces lo que percibo ahora con nitidez: que las adquisiciones de Ligeia eran gigantescas, asombrosas; sin embargo tenía conciencia de su infinita superioridad para entregarme con infantil confianza a su guía por el mundo caótico de la investigación metafísica, a la que me entregué activamente durante los primeros años de nuestro matrimonio. ¡Con qué amplio sentimiento de triunfo, con qué vivo gozo, con qué etérea esperanza *yo sentía* —cuando ella se entregaba conmigo a estudios poco corrientes, nada conocidos— aquella deliciosa perspectiva que lentamente se ampliaba ante mí, por cuyo largo y extraordinario camino no hollado podía al fin llegar hasta la meta de una sabiduría demasiado premiosa, demasiado divina para no estar prohibida!

¡Con qué agudo dolor no habré visto, después de unos años, cómo mis bien fundadas esperanzas levantaban el vuelo y desaparecían! Sin Ligeia yo sólo era un niño a tientas en la oscuridad. Sólo su presencia, sus lecturas podían arrojar una luz clara sobre los muchos misterios trascendentales en que vivíamos inmersos. Privadas del fulgor radiante de sus ojos, esas páginas, leves y doradas, se volvían más opacas que el plomo saturnino. Y aquellos ojos brillaban cada vez con menos frecuencia sobre las páginas que yo estudiaba. Ligeia cayó enferma. Y sus vehementes ojos brillaron con un resplandor extraordinario; los pálidos dedos adquirieron la transparencia de cera de la tumba y las venas azules de la alta frente latieron con fuerza en las alternativas de la más liviana emoción. Vi que iba a morir, y luché desesperadamente en espíritu con el tétrico Azrael. Y las luchas de la mujer apasionada eran, para mi asombro, mucho más enérgicas que las mías. Muchos rasgos de su inflexible carácter me habían convencido de que la muerte llegaría para ella sin sus terrores; pero no fue así. Las palabras son incapaces de describir la idea de la feroz resistencia que opuso a la Sombra. Gemí angustiado ante el lamentable espectáculo. Yo hubiera querido tranquilizar, hubiera querido razonar, pero en la intensidad de su salvaje deseo de vivir, de vivir, *sólo* vivir, el consuelo y la razón eran el colmo de la locura. Sin embargo, hasta el último momento, en las convulsiones más violentas de su indomable espíritu, no se tambaleó la placidez externa de su porte. Su voz se tornó más suave, más profunda…, pero yo no me quería detener en el extraño significado de las palabras pronunciadas con calma. Mi mente daba vueltas mientras escuchaba fascinada una melodía sobrehumana, conjeturas y aspiraciones que los mortales no habíamos conocido hasta entonces.

No podía dudar de su amor, y me resultaba fácil entender que, en un pecho como el suyo, el amor no reinaba como una pasión ordinaria. Pero sólo en la muerte pude medir la fuerza de su afecto. Durante largas horas, reteniendo mi mano, desplegaba ante mí los excesos de un corazón cuya devoción más que apasionada llegaba a la idolatría. ¿Cómo había merecido yo la bendición de estas confesiones? ¿Cómo había merecido la condena de que me fuera arrebatada mi amada precisamente en el momento en que me las hacía? Pero no puedo soportar extenderme sobre este particular. Sólo añadiré que en el abandono más que femenino de Ligeia al amor, ¡ay!, inmerecido, otorgado sin que yo fuera digno, reconocí el principio de su ansioso, ardiente deseo de vida, de esa vida que ahora se le escapaba tan de prisa. Soy incapaz de describir, no encuentro palabras para expresar esa ansia salvaje, esa anhelante vehemencia de vivir, *sólo* vivir.

A medianoche del día en que murió me llamó imperiosamente a su lado y me rogó que repitiera ciertos versos que ella había escrito unos días antes. La obedecí. Eran éstos:

¡Mirad! ¡Es una noche de gala
en los últimos años solitarios!
La multitud de ángeles alados,
con velos, y bañados en lágrimas,

se sienta y contempla en un teatro
un drama de esperanzas y temores,
mientras la orquesta toca, suavemente,
la música sin fin de las esferas.

A la imagen de Dios en lo alto susurran
mimos y murmuran en voz baja,
vuelan de un lado para otro, y apremian
esas vastas cosas informes
que cambian de continuo el escenario,
vertiendo de su alas desplegadas
un invisible, largo sufrimiento.

¡Abigarrado drama, que nunca,
jamás será olvidado!
Con su fantasma siempre perseguido
por una multitud que no lo alcanza
en un círculo que siempre vuelve
al lugar primitivo,
y mucha locura, y más pecado
y más horror… el alma de la intriga.

¡Pero mirad! Entre el tumulto de mimos
una forma reptante se insinúa,
roja como la sangre se retuerce
en la escena desnuda.
¡Se retuerce! ¡Se retuerce! Y los mimos
en tormento son su presa,
y sus fauces gotean sangre humana,
y los serafines lloran.

¡Apáguense todas las luces, todas!
Y sobre cada forma estremecida
cae el telón, paño funerario,

con furia de tormenta.
Y los ángeles pálidos y exangües,
de pie, sin velos, afirman
que el drama es el del «Hombre»,
y su héroe, el Gusano Vencedor.

—¡Oh Dios! —casi gritó Ligeia, incorporándose de un salto y levantando los brazos con un movimiento brusco, mientras yo leía los últimos versos—: ¡Oh Dios! ¡Oh Padre celestial! ¿Ocurrirán irremediablemente estas cosas? ¿El Vencedor no será vencido alguna vez? ¿No somos una parte íntima de ti? ¿Quién…, quién conoce los misterios de la voluntad y de su fuerza? El hombre no se doblega a los ángeles, *ni totalmente a la muerte,* si no es por la flaqueza de su débil voluntad.

Y entonces, como agotada por la emoción, dejó caer sus blancos brazos y regresó solemnemente a su lecho de muerte… Mientras lanzaba los últimos suspiros, brotó un suave murmullo de sus labios mezclado con ellos. Escuché con cuidado y distinguí de nuevo las palabras finales del pasaje de Glanvill: *«El hombre no se doblega a los ángeles, ni totalmente a la muerte, si no es por la flaqueza de su débil voluntad».*

Murió; y yo, abrumado, aterrado por el dolor, no pude soportar la solitaria desolación de mi estancia en la sombría ciudad en ruinas a orillas del Rin. No me faltaba lo que el mundo llama fortuna. Ligeia me había legado mucho, mucho más de lo que normalmente cae en suerte a los mortales. Por eso, después de unos meses de un tedioso vagabundeo, sin rumbo, compré y reparé en parte una abadía, cuyo nombre no mencionaré, en una de las regiones más salvajes y apartadas de la hermosa Inglaterra. La sombría y triste amplitud del edificio, el aspecto casi salvaje del terreno, los muchos recuerdos

melancólicos y venerables relacionados con ambos tenían mucho que ver con los sentimientos de absoluto
abandono que me habían llevado a esa remota y agres-
te región del país. Sin embargo, aunque la parte exterior de la abadía, en ruinas, cubierta de musgo, sufrió
pocos cambios, me entregué con perversidad infantil y
quizá con la débil esperanza de aliviar mis penas, a des-
plegar en su interior magnificencias superiores reales.
Siempre, incluso cuando era niño, había sentido gusto
por estas extravagancias, y entonces volví a ellas como
para compensar el dolor. ¡Ay, cuánta incipiente locura
podía descubrirse en los espléndidos y fantásticos tapices, en las solemnes esculturas de Egipto, en las extrañas cornisas, en los muebles, en los lunáticos diseños
de las alfombras recamadas en oro! Me había transfor-
mado en un esclavo preso en las redes del opio, y mis
trabajos y mis planes se tiñeron del color de mis sueños.
Pero no me pararé a contar los detalles de estos absur-
dos. Hablaré sólo de ese aposento maldito para siempre, donde en un momento de enajenación conduje al
altar —como sucesora de la inolvidable Ligeia— a la señorita Rowena Trevanion, de Tremaine, la de rubios cabellos y ojos azules.

No hay una partícula de la arquitectura ni de la de-
coración de aquella cámara nupcial que no aparezca
ahora ante mis ojos. ¿Dónde estaba el corazón de la or-
gullosa familia de la novia para permitir, movida por su
sed de oro, que una doncella, la hija más querida, tras-
pasara el umbral de un aposento *tan* adornado? He dicho que recuerdo los mínimos detalles de la cámara…
—yo que, por desgracia, olvido con facilidad cosas de
mucha importancia—, y, sin embargo, no había orden,
no había armonía en aquel lujo de fantasía, que se im-
puso a mi recuerdo. La habitación se encontraba en una

torrecilla alta de la almenada abadía, era de forma pentagonal y muy amplia. Ocupaba todo el lado sur del pentágono la única ventana, un enorme cristal de Venecia de una sola pieza y de matiz plomizo, de forma que los rayos del sol o de la luna, al atravesarlo, caían con un brillo espectral sobre los objetos. En lo alto de esta inmensa ventana se extendía el enrejado de una antigua enredadera que trepaba por los sólidos muros de la torre. El techo, de oscuro roble, era muy alto, abovedado y muy bien decorado con los motivos más extravagantes y grotescos de un estilo semigótico, semidruídico. Del centro mismo de esta melancólica bóveda colgaba, de una sola cadena de oro con largos eslabones, un inmenso incensario del mismo metal, de estilo sarraceno, con numerosas perforaciones dispuestas de forma que salían por ellas, como dotadas de la vitalidad de una serpiente, continuas contorsiones de llamas multicolores.

Algunas otomanas y candelabros de oro, de forma oriental, había a un lado, y había también un lecho, el lecho nupcial, de modelo indio, bajo, esculpido en ébano macizo, con un baldaquino encima como una colgadura fúnebre. En cada esquina de la cámara había un gigantesco sarcófago de granito negro, proveniente de las tumbas de los reyes erigidas frente a Luxor, con sus antiguas tapas cubiertas de inmemoriales relieves. Pero, ¡ay!, la fantasía principal se encontraba en los tapices del aposento. Las altas paredes, gigantescas, incluso desproporcionadas, estaban cubiertas de arriba abajo, en amplios pliegues, por una pesada y espesa tapicería, tapicería de un material parecido al de la alfombra, al de la cubierta de las otomanas y al del lecho de ébano, al baldaquino y a las suntuosas volutas de las cortinas que ocultaban parcialmente la ventana. Era el material más rico tejido de oro, cubierto, a intervalos irregulares, por arabescos de realce de un pie de diámetro, del más negro azabache. Pero estas figuras sólo mostraban el carácter del arabesco cuando se las miraba desde un ángulo. Por un procedimiento hoy común, que se puede rastrear en periodos muy remotos de la antigüedad, cambiaban de aspecto. El que entraba en la habitación tenía la impresión de simples monstruosidades, pero, al acercarse, esta apariencia desaparecía de forma gradual, y, paso a paso, a medida que el visitante cambiaba de posición en la cámara, se veía rodeado por una serie interminable de formas espectrales que pertenecen a las supersticiones de los normandos o que nacieron en los sueños culpables de los monjes. El efecto fantasmagórico se incrementaba enormemente por la introducción artificial de una fuerte y continua corriente de aire detrás de los tapices, que prestaba una horrible, inquietante animación al conjunto.

Entre estas paredes, en una cámara nupcial como la descrita, pasé con la dama de Tremaine las impías horas del primer mes de nuestro matrimonio... Las pasé sin demasiada inquietud. Que mi mujer temiera el hosco humor de mi temperamento, que me huyera y me amara poco, yo no podía pasarlo por alto, pero me causaba más placer que cualquier otra cosa. La aborrecía con un odio más de demonio que de hombre. Mi memoria volaba (¡con qué intensa nostalgia!) hacia Ligeia, la amada, la augusta, la hermosa, la enterrada. Me embriagaba con recuerdos de su pureza, de su sabiduría, de su elevada y etérea naturaleza, su amor apasionado e idólatra. Ahora mi espíritu ardía plena y libremente con más intensidad que el suyo. En la excitación de mis sueños de opio (pues estaba encadenado con los grilletes de la droga), gritaba su nombre en el silencio de la noche, o durante el día, entre los sombreados retiros de los valles, como si en esa salvaje vehemencia, con la pasión solemne, con el fuego devorador de mi deseo por la desaparecida, pudiera devolverla a la senda que había abandonado —¡ay!, *¿era posible* que fuese para siempre?— en la tierra.

Al empezar el segundo mes de nuestro matrimonio, la señorita Rowena cayó de repente enferma y se repuso lentamente. La fiebre que la consumía perturbaba sus noches, y en su inquieto estado de semisueño hablaba de sonidos, de movimientos que se producían dentro y fuera de la cámara de la torre, cuyo origen atribuí al desvarío de su imaginación, o incluso a las influencias fantasmagóricas de la cámara. Por fin llegó la convalecencia y, por último, se quedó totalmente restablecida. Sin embargo, había pasado sólo un breve período y una segunda recaída, más violenta, la llevó de nuevo a su lecho de dolor; y su constitución, que siempre fue débil, nunca se recuperó del todo de este achuchón. Sus males, desde entonces, tenían un carácter alarmante y se manifestaban con una recurrencia más alarmante, que desafiaba el conocimiento y los grandes esfuerzos de sus médicos. Al intensificarse el mal crónico —que parecía haberse extendido por toda su constitución, sin que se pudiera desarraigar con medios humanos—, no pude por menos de observar un aumento parecido en su irritabilidad nerviosa y en su excitabilidad para el miedo por motivos triviales. De nuevo volvía a hablar, y ahora con más frecuencia e insistencia, de los sonidos, de los leves sonidos y de los movimientos insólitos entre la tapicería, a los cuales se había referido antes.

Una noche, a finales de septiembre, me llamó la atención sobre este asunto con más insistencia de lo que solía. Acababa de despertarse de un sueño inquieto, y yo había estado observando, con sentimientos en parte de ansiedad, en parte de vago terror, los espasmos de su cara demacrada. Me senté al lado del lecho de ébano sobre una de las otomanas de India. Ella se incorporó a medias y habló con un susurro bajo y ansioso de los sonidos que ella *estaba oyendo* y yo no podía oír; de los movimientos que ella *estaba viendo* y yo no podía percibir. El viento corría veloz tras los tapices, y quise mostrarle (algo que, confieso, yo no me creía *del todo)* que aquellos suspiros casi imperceptibles y aquellas suaves variaciones de las figuras de la pared no eran más que los efectos naturales de la habitual corriente de aire. Pero la palidez mortal que se extendió por su cara me demostró que mis esfuerzos por tranquilizarla eran inútiles. Parecía que se iba a desmayar y no había criados a los que recurrir. Recordé dónde se guardaba una garrafa de vino ligero que le habían recomendado sus médicos, y de prisa crucé la habitación para cogerla. Pero, al pasar bajo la luz del incensario, dos circunstancias de índole sorprendente me llamaron la atención. Sentí que un objeto de tacto perceptible, pero invisible, había rozado levemente mi persona, y vi en la alfombra dorada, en el centro del destacado brillo que arrojaba el incensario, una sombra, una delicada, indefinida sombra de aspecto angelical, como uno puede imaginar la sombra de un espectro. Pero yo estaba embriagado por la excitación de una inmoderada dosis de opio, y no hice mucho caso a estas cosas, ni hablé de ellas con Rowena. Encontré el vino, crucé la cámara de nuevo y llené una copa que llevé a los labios de la desmayada. Ya se había recobrado algo, tomó la copa en sus manos, mientras que yo me dejaba caer sobre la otomana que tenía cerca, con los ojos fijos en ella. Fue entonces cuando advertí claramente un suave paso sobre la alfombra, cerca del lecho; y un segundo después, cuando Rowena llevaba la copa de vino a sus labios, vi, o tal vez soñé, que caían en la copa, como si provinieran de alguna fuente invisible en la atmósfera de la habitación, tres o cuatro grandes gotas de un líquido brillante del color rubí. Si yo lo vi, no pasó lo mismo con Rowena. Bebió el vino sin vacilar, y me abstuve de comentarle esta circunstancia, que, según pensé, debía considerarse una sugestión de una imaginación excitada, morbosamente activada por el terror de mi mujer, el opio y la hora.

Sin embargo, no pude esconder que, inmediatamente después de la caída de las gotas color rubí, se produjo un rápido empeoramiento en el estado de mi mujer; así que la tercera noche las manos de sus doncellas la prepararon para la tumba y la cuarta la pasé solo, con su cuerpo amortajado, en aquella fantástica cámara que la había recibido recién casada. Extravagantes visiones, engendradas por el opio, flotaban como sombras ante mí. Contemplé con ojos inquietos los sarcófagos en las esquinas de la habitación, las cambiantes figuras de los tapices y las contorsiones de las llamas multicolores del incensario suspendido. Entonces, mientras intentaba recordar las circunstancias de aquella noche pasada, mis ojos cayeron en el lugar donde, bajo el brillo del incensario, había visto las delicadas huellas de la sombra. Pero ya no estaba allí, y, respirando con más libertad, dirigí la mirada hacia la pálida y rígida figura del lecho. Entonces me asaltaron mil recuerdos de Ligeia, entonces me volvió al corazón, con la turbulenta violencia de una marea, el inexpresable dolor con que había contemplado su cuerpo amortajado. La noche avanzaba, y, con el corazón lleno de amargos pensamientos, cuyo objeto era mi único, mi supremo amor, me quedé contemplando el cuerpo de Rowena.

Quizá fuera medianoche, tal vez más temprano, o más

tarde, pues no tenía conciencia del paso del tiempo, cuando un sollozo sofocado, suave pero muy claro, me despertó de mi ensueño. *Sentí* que venía del lecho de ébano, del lecho de muerte. Presté atención en una agonía de terror supersticioso, pero no se repitió el sonido. Esforcé la vista para distinguir cualquier movimiento del cadáver, pero no percibí ninguno. Sin embargo, no podía haberme equivocado. *Había oído* un ruido, por suave que fuera, y mi espítitu estaba despierto. Mantuve con decisión y perseverancia mi atención clavada en el cuerpo. Pasaron unos minutos sin que alguna circunstancia arrojara luz sobre el misterio. Por fin se hizo evidente que un color muy débil, apenas visible se difundía por las mejillas y por las pequeñas venas hundidas de los párpados. Con una especie de horror y espanto indecibles, que el lenguaje humano no tiene una expresión suficientemente enérgica, sentí que mi corazón dejaba de latir y que mis miembros se quedaban rígidos. Sin embargo, el sentido del deber me dio ánimos. Ya no podía dudar de que nos habíamos precipitado en amortajarla, de que Rowena aún vivía. Era necesario hacer algo inmediatamente, pero la torre estaba apartada de las dependencias de la servidumbre, no había nadie cerca, yo no tenía forma de pedir ayuda sin abandonar la cámara unos minutos, y no podía aventurarme a salir. Por eso luché solo en mi intento de hacer volver a la vida al espíritu que aún flotaba. Pero, después de unos instantes, resultó evidente la recaída: el color desapareció de los párpados y las mejillas, dejándolos más pálidos que el mármol; los labios estaban doblemente apretados y contraídos en la espectral expresión de la muerte; una viscosidad y un frío repulsivos cubrieron rápidamente todo el cuerpo, y sobrevino inmediatamente la habitual rigidez cadavérica. Volví a dejarme caer con un estremecimiento en el diván de donde me había levantado bruscamente, y me entregué de nuevo a mis visiones apasionadas de Ligeia.

Así transcurrió una hora cuando (¿podía ser posible?) por segunda vez percibí un vago sonido que procedía del lecho. Presté atención completamente horrorizado. Se repitió el sonido: era un suspiro. Precipitándome sobre el cadáver, vi claramente que temblaban sus labios. Un minuto después se entreabrían, descubriendo una brillante línea de dientes nacarados. El asombro luchaba ahora en mi pecho con el profundo espanto, que hasta entonces reinaba solo. Sentí que mi vista se nublaba, que mi razón desvariaba, y sólo con un esfuerzo violento conseguí sobreponerme para emprender la tarea que mi deber me señalaba una vez más. Ahora había cierto rubor en la frente, en las mejillas y en la garganta; un calor perceptible invadía todo el cuerpo; incluso se notaba un leve latir del corazón. Mi esposa *vivía,* y con redoblado ardor me entregué a la tarea de reanimarla. Froté y friccioné sus sienes y sus manos, y utilicé todos las experiencias y lo que no pocas lecturas médicas me sugerían. Pero fue en vano. De repente huyó el color, cesaron las pulsaciones, los labios recobraron la expresión de la muerte y, un instante después, todo el cuerpo adquirió el frío del hielo, el color lívido, la intensa rigidez, el aspecto consumido y todas las abominables características de quien ha sido, durante muchos días, habitante de la tumba.

Y de nuevo me sumí en mis visiones de Ligeia, y de nuevo (¿quién se puede extrañar de que me estremezca al escribirlo?), *de nuevo* llegó a mis oídos un leve sollozo desde el lecho de ébano. Pero, ¿por qué detallar los inenarrables horrores de aquella noche? ¿Por qué detenerse a contar cómo, hasta que llegó el alba gris, se repitió este horrible drama de resurrección; cómo cada horrible recaída terminaba en una muerte más rígida y aparentemente más irremediable; cómo cada agonía cobraba el aspecto de una lucha con un enemigo invisible; y cómo cada lucha quedaba reflejada, por no sé qué extraño cambio, en la apariencia del cuerpo? Permitidme que acabe lo más pronto posible.

La mayor parte de la espantosa noche había pasado, y la que estuvo muerta se movió de nuevo, y ahora con más fuerza que antes, aunque se despertaba de una extinción más horrible y más irreparable. Hacía mucho que yo había dejado de luchar, de moverme, y estaba hierático, sentado en la otomana, presa indefensa de un torbellino de emociones violentas, de las cuales el extremo pavor era quizá la menos terrible, la menos devoradora. El cadáver, repito, se movía, y ahora con más fuerza que antes. Los colores de la vida cubrieron con inusitada energía el rostro, los miembros se relajaron y, de no ser porque los párpados seguían apretados y porque las vendas y ropas aún daban un aspecto sepulcral a la figura, podía haber soñado que Rowena se había soltado las cadenas de la muerte. Pero si entonces no admití esta idea, por lo menos pude abandonar mis dudas cuando, levantándose del lecho, a tientas, con pasos indecisos, con los ojos cerrados y con el gesto de alguien perdido entre sueños, aquel ser amortajado avanzó atrevida y perceptiblemente hacia el centro de la habitación.

No temblé, no me moví, pues una multitud de inexpresables ideas relacionadas con el aire, la estatura y el porte de la figura cruzaron velozmente mi cerebro, me paralizaron y me convirtieron en fría piedra. No me moví, pero contemplé la aparición. Había un alocado desorden en mis pensamientos, un tumulto incontrolable. ¿Podía ser realmente Rowena *viva* la que tenía delante? ¿Podía ser realmente Rowena, la señorita Rowena Trevanion, de

Tremaine, la de cabellos rubios y ojos azules? ¿Por qué, *por qué* dudaba? Las vendas tapaban la boca, ¿pero podía no ser la boca de la señorita de Tremaine? Y las mejillas, rosadas como en la plenitud de la vida, sí podían ser realmente las hermosas mejillas de la viva señorita de Tremaine. Y la barbilla con sus hoyuelos, como cuando tenía salud, ¿podía no ser la suya? Pero entonces, *¿había crecido en su enfermedad?* ¡Qué inenarrable locura se apoderó de mí con aquel pensamiento! De un salto llegué a sus pies. Estremeciéndose al contactar conmigo, dejó caer la cabeza, sueltas ya las espectrales vendas que la envolvían, y entonces se deslizó en la atmósfera inquieta de la habitación una enorme masa de cabellos desordenados: *¡eran más negros que las alas del cuervo de medianoche!* Y entonces lentamente se fueron abriendo *los ojos* de la figura que tenía ante mí. «En esto, por lo menos —grité—, nunca, nunca podré equivocarme... Estos son los grandes ojos, los ojos negros, los extraños ojos de mi perdido amor, los de la señorita..., los de la Señorita Ligeia.»

LA CAÍDA DE CASA USHER

> Son coeur est un luth suspendu;
> Sitôt qu'on le touche, il résonne.
>
> DE BÉRANGER[1]

Un día de otoño triste, oscuro y silencioso, cuando las nubes colgaban bajas y pesadas en el cielo, crucé solo a caballo una región singularmente lúgubre del país; y, al fin, al acercarse la sombra de la noche, me encontré a la vista de la melancólica Casa Usher. No sé cómo fue, pero, a la primera mirada que eché al edificio, un sentimiento de insoportable tristeza invadió mi espíritu. Digo insoportable, porque no lo aliviaba ninguno de esos sentimientos semiagradables, por ser poéticos, con los que recibe el espíritu incluso las más adustas imágenes naturales de lo desolado o lo terrible. Contemplé el escenario que tenía ante mí —la casa, el simple paisaje del dominio, los muros descarnados, las ventanas como ojos vacíos, unas junqueras fétidas y los pocos troncos de árboles agostados— con una fuerte depresión de ánimo, que sólo puedo comparar, como sensación terrena, al despertar del fumador de opio, a la amarga caída en el deambular cotidiano, al horrible descorrerse del velo. Era una frialdad, un decaimiento, un malestar del corazón, una irremediable tristeza mental que ningún acicate de la imaginación podía desviar hacia ninguna forma de lo sublime. ¿Qué era —me detuve a pensar—, qué era lo que me desalentaba tanto al contemplar la Casa Usher? Misterio insoluble; y yo no podía luchar con los sombríos pensamientos que se agolpaban en mi mente mientras reflexionaba. Me vi obligado a recurrir a la conclusión insatisfactoria de que mientras *hay,* fuera de toda duda, combinaciones de simples objetos naturales que tienen el poder de afectarnos de esta forma, el análisis de semejante poder se encuentra entre las consideraciones que están más allá de nuestro alcance. Era posible, pensé, que una simple disposición distinta de los elementos de la escena, de los pormenores del cuadro, fuera suficiente para modificar o quizá anular su poder de impresión dolorosa; y, procediendo en consonancia con esta idea, dirigí mi caballo a la escarpada orilla de un negro y pavoroso lago, que extendía su brillo tranquilo junto a la mansión; vi en sus profundidades —con un estremecimiento áun más sobrecogedor— las imágenes reflejadas e invertidas de las grises junqueras, los troncos espectrales y las ventanas como ojos vacíos.

En esa mansión de melancolía, sin embargo, me proponía pasar unas semanas. Su propietario, Roderick Usher, había sido uno de mis mejores compañeros de juventud, pero habían transcurrido muchos años desde nuestro último encuentro. Sin embargo, acababa de recibir una carta en otra región remota del país, una carta suya, cuya misiva, por su tono desesperamente insistente, no admitía otra respuesta que la presencia personal. La escritura denotaba señales de la agitación nerviosa. Hablaba de una enfermedad física grave, de un trastorno mental que le oprimía y de un intenso deseo de verme por ser su mejor y, en realidad, su único amigo íntimo, con el propósito de conseguir, por la animación de mi compañía, algún alivio a su mal. La forma de expresar esto, y sobre todo la aparente *sinceridad* que acompañaba su petición, no me permitieron vacilar, y, en consecuencia, obedecí inmediatamente a lo que, por otra parte, consideraba un requerimiento muy singular.

Aunque de muchachos habíamos sido compañeros íntimos, en realidad sabía poco de mi amigo. Siempre se había mostrado muy reservado. Sabía, sin embargo, que su antiquísima familia era conocida, desde tiempos inmemoriales, por una peculiar sensibilidad de temperamento expresada, a lo largo de muchos años, en muchas y elevadas concepciones artísticas y, últimamente, manifestada en reiteradas obras de caridad muy generosas, aunque discretas, así como en una apasionada devoción a las dificultades más que a las bellezas ortodoxas y fácilmente reconocibles de la ciencia musical. Conocí también el hecho importante de que la familia Usher, siempre venerable, no había conseguido, en ningún periodo, una rama duradera; en otras palabras, que toda la familia se limitaba a la línea de descendencia directa y siempre, con insignificantes y breves variaciones, había sido así. Esta ausencia, pensé, mientras repasaba mentalmente la perfecta consonancia del carácter del lugar con el que distinguía a sus moradores, especulando sobre la posible influencia que la primera, a lo largo de tantos siglos, podía haber ejercido sobre los segundos; esta ausencia, repito, de ramas colaterales, y la consiguiente transmisión constante de padre a hijo del patrimonio junto con el nombre, era la que al fin había identificado de tal manera a los dos como para fundir el título originario del dominio en el extraño y equívoco nombre de «Casa Usher», nombre que parecía incluir, entre los campesinos que lo empleaban, la familia y la mansión familiar.

He dicho que el único efecto de mi experimento algo infantil —mirar en el pequeño lago— había ahondado mi primera y extraña impresión. No cabe duda de que la conciencia del rápido aumento de mi superstición —¿por qué no voy a darle este nombre?— servía sobre todo para acelerar el aumento. Tal es, lo sé desde hace mucho tiempo, la paradójica ley de todos los sentimientos que tienen como base el terror. Y quizá fuera sólo por esto por lo que, cuando levanté de nuevo los ojos hacia la mansión, desde su imagen en el agua, creció en mi mente una rara fantasía, una fantasía de verdad tan ridícula, que sólo la menciono para mostrar la viva fuerza de las sensaciones que me oprimían. Mi imaginación estaba tan excitada, que llegué a convencerme de que sobre la mansión y el dominio flotaba una atmósfera propia de ellos y de los edificios colindantes, una atmósfera sin afinidad con el aire del cielo, que exhalaba por los árboles marchitos, por los muros grises y por el oscuro lago silencioso un pestilente y místico vapor, opaco, pesado, apenas perceptible, de color plomizo.

Sacudiendo de mi espíritu lo que *debía de ser* un sueño, examiné con más cuidado el verdadero aspecto del edificio. Su rasgo dominate parecía ser su excesiva antigüedad. Y grande era la desolación producida por el tiempo. Diminutos hongos se extendían por toda la fachada, colgados del alero en una fina y enmarañada tela de araña. Pero esto no tenía que ver con ninguna forma de destrucción. No se había caído ninguna parte de la mampostería, y parecía haber una extraña incongruencia entre la perfecta colocación de las partes y la disgregación de cada una de las piedras. Esto me recordaba la aparente integridad de viejas maderas que se han podrido durante largos años en una cripta olvidada, sin que intervenga el soplo exterior. Aparte de este indicio de ruina general, la estructura daba pocas señales de inestabilidad. Quizá el ojo de un observador atento hubiera

descubierto una fisura apenas perceptible, que, exten-
diéndose desde el tejado de la mansión a lo largo de la
fachada, cruzaba el muro en zigzag hasta perderse en las
tenebrosas aguas del lago.

Mientras observaba estas cosas cabalgué por una corta calzada hasta la mansión. Un criado que aguardaba
tomó mi caballo, y entré en la bóveda gótica del vestí-
bulo. Un criado de paso sigiloso me condujo desde allí,
en silencio, por múltiples, oscuros e intrincados pasillos
hacia el estudio de su amo. Mucho de lo que encontré
en el camino contribuyó, no sé cómo, a avivar los indefinidos sentimientos de los que ya he hablado. Mientras
que los objetos que me rodeaban, los artesonados de los
techos, los sombríos tapices de las paredes, los suelos
de negro ébano y los fantasmagóricos trofeos heráldicos
que rechinaban al pasar eran cosas, o parecían, a las que
estaba acostumbrado desde niño —pero no pensaba en
lo familiar que me resultaba todo esto—, estaba asombrado de las insólitas fantasías que esas imágenes producían en mí. En una de las escaleras me tropecé con el
médico de la familia. La expresión de su rostro, pensé,
era una mezcla de insidiosa astucia y de perplejidad. Me
saludó con ansiedad nerviosa y siguió su camino. Luego el criado abrió una puerta y me dejó en presencia de
su amo.

La habitación donde me encontraba era muy amplia
y alta. Las altas ventanas, estrechas y puntiagudas, quedaban a tanta distancia del suelo de negro roble, que
eran completamente inaccesibles desde el interior. Débiles rayos de luz teñida de carmesí atravesaban los cris-
tales enrejados y servían para distinguir suficientemente
los principales objetos a mi alrededor; los ojos, sin embargo, luchaban en vano para alcanzar los rincones más
apartados de la cámara o los huecos del techo above-

dado y ornado con relieves. Oscuros tapices cubrían las paredes. El mobiliario era profuso, incómodo, anticuado y destartalado. Había muchos libros e instrumentos musicales en desorden, que no conseguían dar vida a la escena. Sentí que se respiraba una atmósfera de dolor. Un aire de dura, profunda e irremediable melancolía lo envolvía y lo penetraba todo.

A mi llegada, Usher se incorporó en un sofá donde estaba tendido cuan largo era y me saludó con una calurosa vivacidad, que tenía mucho, pensé al principio, de exagerada cordialidad, de obligado esfuerzo de hombre de mundo *ennuyé* [aburrido]. Sin embargo, una mirada a su rostro me convenció de su total sinceridad. Nos sentamos y, durante unos instantes, mientras no hablaba, lo observé con un sentimiento en parte de compasión, en parte de espanto.¡Posiblemente ningún hombre había cambiado tan terriblemente en tan poco tiempo como Roderick Usher! A duras penas pude admitir la identidad del cadavérico ser que tenía ante mí con la del compañero de juventud. Sin embargo, el carácter de su cara había sido siempre extraordinario. La tez cadavérica, los ojos grandes, líquidos e incomparablemente luminosos; los labios, algo finos y muy pálidos, pero de una curvatura insuperablemente hermosa; la nariz, de delicado tipo hebreo, pero con aletas amplias, más abiertas de lo que era normal; la barbilla, finamente modelada, reveladora, en su falta de prominencia, de una escasa energía moral; los cabellos más finos y ralos que una tela de araña; estos rasgos y el excesivo desarrollo de la zona frontal constituían una fisonomía muy difícil de olvidar. Y ahora la simple exageración del carácter predominante de estas facciones y de su expresión habitual revelaban un cambio tan grande, que llegué a dudar de la persona con la que estaba hablando. Y la palidez espectral de la piel, el brillo milagroso de los ojos destacaron sobre todo lo demás, e incluso me aterraron. El fino cabello, además, había crecido descuidadamente y, como en su desordenada textura de telaraña flotaba en lugar de caer a los lados de la cara, me era imposible, incluso haciendo un esfuerzo, relacionar su enmarañada apariencia con una idea de simple humanidad.

En el comportamiento de mi amigo me impresionó encontrar incoherencia, inconsistencia, y pronto descubrí que era motivado por una serie de débiles e inútiles esfuerzos por sobreponerse a una habitual ansiedad, a una excesiva agitación nerviosa. En realidad ya estaba preparado para algo de esa naturaleza, no menos por su carta que por reminiscencias de ciertos rasgos juveniles y por las conclusiones que deduje de su peculiar conformación física y de su temperamento. Sus gestos eran alternativamente vivaces y lentos. Su voz pasaba rápidamente de una indecisión trémula (cuando su espíritu vital parecía totalmente en suspenso) a esa clase de concisión enérgica, a esa manera de hablar abrupta, pesada, lenta, hueca; a esa pronunciación gutural, densa, equilibrada, perfectamente modulada, que se puede observar en el borracho perdido o en el incorregible fumador de opio en los períodos de mayor excitación.

Así me habló del objeto de mi visita, de su sincero deseo de verme y del consuelo que esperaba recibir. Abordó con bastantes detalles la naturaleza de su enfermedad. Era, dijo, un mal constitucional y familiar, para el cual desesperaba de encontrar remedio; una simple afección nerviosa, añadió inmediatamente, que sin duda pasaría pronto. Se manifestaba en una multitud de sensaciones anormales. Algunas de éstas, cuando las detalló, me interesaron y me confundieron, aunque quizás influyeran los términos que empleó y el estilo general de su relato. Sufría él mucho de una agudeza morbosa de los sentidos; apenas soportaba los alimentos insípidos; sólo podía vestir ropa de cierta textura, los olores de todas las flores le resultaban opresivos; hasta la luz más débil torturaba sus ojos; y sólo pocos sonidos peculiares, y éstos de instrumentos de cuerda, no le inspiraban horror.

Vi que era un esclavo sometido a una suerte anormal de terror. «Moriré —dijo—, *tengo* que morir de esta deplorable locura. Así, así y no de otra manera me perderé. Temo los acontecimientos del futuro, y no por sí mismos, sino por sus resultados. Tiemblo cuando pienso en un incidente, incluso el más trivial, que puede actuar sobre esta intolerable agitación. No aborrezco el peligro, a no ser por su efecto absoluto: el terror. En este desaliento, en este lamentable estado, siento que más tarde o más temprano llegará el momento en que tenga que abandonar vida y razón a la vez, en alguna lucha con el siniestro fantasma: *el miedo.*»

Me di cuenta, además, por los intervalos y por las insinuaciones interrumpidas y equívocas, de otro extraño rasgo de su estado mental. Estaba dominado por ciertas impresiones supersticiosas relativas a la mansión que ocupaba y de donde, durante muchos años, no se había atrevido a salir, supersticiones relativas a una influencia cuya supuesta energía describió en términos demasiado sombríos para repetirlos aquí; influencia que algunas peculiaridades de la simple forma y material de su mansión familiar habían ejercido sobre su espíritu, decía, a fuerza de soportarlas durante mucho tiempo, efecto que el aspecto *físico* de los muros y las torres grises y el oscuro lago en que éstos se miraban había producido, a la larga, en la *moral* de su existencia.

Admitía, no obstante, aunque con vacilación, que podía buscarse un origen más natural y mucho más palpable de la peculiar melancolía que le afectaba: la grave y prolongada enfermedad, el desenlace ciertamente cercano con la muerte de una hermana tiernamente amada, su única compañía durante muchos años, último y único pariente en la tierra. «Su muerte —decía con una amargura que nunca podré olvidar— hará de mí (de mí, el indefenso, el frágil) el último miembro de la vieja estirpe de los Usher.» Mientras hablaba, la señorita Madeline (así se llamaba) pasó lentamente por un lugar apartado de la cámara, y, sin advertir mi presencia, desapareció. La miré con absoluto asombro, no desprovisto de miedo, y, sin embargo, me resulta imposible explicar estos sentimientos. Una sensación de estupor me oprimió, mientras mis ojos seguían los pasos que se alejaban. Cuando al fin una puerta se cerró tras ella, mi mirada instintiva y ansiosamente buscó el semblante del hermano, pero éste había hundido la cara entre las manos, y sólo pude percibir que una palidez aún mayor se extendía por los dedos enflaquecidos, entre los cuales caían apasionadas lágrimas.

Hacía tiempo que la enfermedad de la señorita Madeline había desconcertado a sus médicos. Una constante apatía, un cansancio gradual de su persona y frecuentes, aunque transitorios, accesos de carácter parcialmente cataléptico eran el habitual diagnóstico. Hasta entonces había resistido con firmeza la opresión de su mal y se había negado a guardar cama, pero a la caída de la tarde de mi llegada a la casa se rindió (como me contó su hermano esa noche con inexpresable agitación) al aplastante poder destructor; y supe que la rápida visión que había tenido de su persona probablemente sería la última, ya que nunca más volvería a ver a la dama, por lo menos en vida.

Después, durante varios días, ni Usher ni yo mencionamos su nombre, y en ese tiempo estuve ocupado en vehementes intentos para aliviar la melancolía de mi amigo. Pintábamos y leíamos juntos, o yo escuchaba, como en un sueño, las extrañas improvisaciones de su conmovedora guitarra. Y así, mientras una intimidad cada vez más estrecha me introducía sin reservas en lo más recóndito de su alma, iba adquiriendo con amargura la inutilidad de todo intento por alegrar un espíritu, cuya oscuridad, como una cualidad positiva, inherente, se derramaba sobre todos los objetos del universo físico y moral en una incesante irradiación de melancolía.

Siempre guardaré en la memoria las muchas horas solemnes que pasé a solas con el dueño de la Casa Usher. Sin embargo, no conseguiré comunicar una idea del carácter exacto de los estudios o las ocupaciones en las cuales me envolvía o cuyo camino me enseñaba. Una idealidad excitada, enfermiza arrojaba un resplador sulfúreo sobre todas las cosas. Sus largos e improvisados cantos fúnebres resonarán eternamente en mis oídos. Entre otras cosas, conservo dolorosamente en la memoria cierta rara perversión y amplificación del extraño aire del último vals de Von Weber. De las pinturas que nutría su laboriosa fantasía, y cuya vaguedad crecía en cada pincelada, vaguedad que me producía un estremecimiento tanto más penetrante, cuanto que ignoraba su causa; de esas pinturas (aún tengo sus imágenes nítidas ante mí) sería inútil que intentase presentar algo más que la pequeña porción comprendida entre los límites de simples palabras escritas. Por la absoluta sencillez, por la desnudez de sus diseños, atraían la atención y la subyugaban. Si alguna vez un mortal pintó una idea, ése fue Roderick Usher. Para mí, al menos, en las circunstancias que entonces me rodeaban, surgía de las puras abstracciones que el hipocondriaco lograba plasmar en el lienzo una intensidad de intolerable espanto, cuya sombra nunca he sentido, ni siquiera contemplando las fantasías de Fuse-lli, muy brillantes, pero demasiado concretas.

Una de las fantasmagóricas concepciones de mi amigo, que no participaba con tanto rigor del espíritu de abstracción, puede ser esbozada, aunque de una forma muy indecisa, débil, con palabras. El pequeño cuadro representaba el interior de una bóveda o túnel muy largo, rectangular, con paredes bajas, lisas, blancas, sin interrupción ni adorno de ningún tipo. Ciertos toques accesorios del diseño servían para dar la idea de que esa excavación estaba a mucha profundidad bajo la superficie de la tierra. No se veía ninguna salida en toda la vasta extensión, ni se percibía ninguna antorcha, ni ninguna otra fuente artificial de luz; sin embargo, flotaba por todo el espacio una ola de intensos rayos que bañaban el conjunto con un resplandor inadecuado y espectral.

Ya he hablado de ese estado morboso que hacía intolerable al paciente toda música, si exceptuamos los efectos de unos instrumentos de cuerda. Quizá los estrechos límites en los que se había confinado con la guitarra dieron origen, en gran medida, al carácter fantástico de sus realizaciones. Pero no se puede explicar de esta manera la fogosa *facilidad* de sus *impromptus* [género musical pianístico]. Debían de ser —y lo eran, tanto las notas como las palabras de sus extravagantes fantasías (pues, con frecuencia, se acompañaba con improvisaciones verbales rimadas)— debían de ser el resultado de ese intenso recogimiento y concentración mental a los que ya he aludido, y que sólo se podían observatr en momentos de la más elevada excitación. Recuerdo fácilmente las palabras de una de esas rapsodias. Quizá fue la que más me impresionó mientras la tocaba, porque en la corriente oculta o mística de su sentido creí percibir por primera vez una plena conciencia por parte de Usher de que su elevada razón vacilaba en su trono. Los versos, que tituló *El palacio encantado,* decían poco más o menos así:

En el más verde de nuestros valles,
donde habitan ángeles buenos,
se levantaba un palacio
majetuoso y brillante.
¡Dominio del rey Pensamiento,
allí estaba de pie!
Y jamás un serafín batió sus alas
sobre lugar más hermoso.

Banderas amarillas, gloriosas, doradas,
ondeaban, flotaban al viento,
(todo eso fue hace muchos años,
en los antiguos tiempos);
y con la brisa que jugaba,
en esos días tan alegres,
entre las alemnas se esparcía
una fragancia alada.

Y los que erraban por el valle,
por dos ventanas luminosas
veían que los espíritus
danzaban a ritmo de laúdes
en torno al trono donde,
(¡roca porfídica!)
envuelto en merecida pompa,
se sentaba el señor del reino.

Y de rubíes y de perlas
era la puerta del palacio,
de donde como un río fluían,
fluían centelleando,

los ecos de gentil tarea:
cantar, alabar en alto
el genio y el ingenio
de su rey soberano.

Mas criaturas malignas invadieron,
vestidas de tristeza, aquel dominio
(¡Ah, lamento y luto! ¡Ya nunca
amanecerá otra alborada!).
Y en torno del palacio, la belleza
que otrora floreciese entre sus pliegues
es sólo una historia olvidada
sepultada en los viejos tiempos.

Y los que vagan ahora por el valle,
por esas ventanas ahora rojas
ven grandes formas que se mueven
en discordantes melodías,
mientras, cual rápido río espectral,
por la pálida puerta de siempre
sale una horrenda multitud que ríe...,
pues la sonrisa ha muerto.

Recuerdo bien que las sugestiones nacidas de esta balada nos llevaron a una serie de pensamientos, entre los que resaltó una opinión de Usher que menciono no por su novedad (pues otros hombres* han pensado así), sino para explicar la obstinación con que la defendió. Esta opinión, de forma general, trataba de la sensibilidad de todos los vegetales. Pero, en su trastornada fantasía, la idea había cobrado un carácter más atrevido, e invadía, bajo ciertas condiciones, el reino de lo inorgánico. Me faltan las palabras para expresar todo el alcance o el vehemente *abandono* de su persuasión. La creencia, sin embargo, se relacionaba (como he insinuado previamente) con las grises piedras de la casa de sus antepasados. Las condiciones de la sensibilidad habían sido satisfechas, imaginaba él, por el método de colocación de esas piedras, por el orden de su disposición, por los muchos *hongos* que las cubrían y por los marchitos árboles que las rodeaban, pero sobre todo por la duración inalterada de este orden y por su duplicación en las quietas aguas del lago. Su evidencia —la evidencia de esta sensibilidad— podía comprobarse, dijo (y me sobresalté al oírlo), en la lenta pero segura condensación de una atmósfera propia en torno a las aguas y a los muros. El resultado podía descubrirse, añadió, en esa influencia silenciosa, aunque insistente y terrible, que durante siglos había modelado los destinos de su familia, haciendo de *él* eso que yo ahora estaba viendo, eso que él era. Estas opiniones no precisan comentario, y no haré ninguno.

Nuestros libros —los libros que durante años constituyeron no pequeña parte de la existencia mental del enfermo— estaban, como puede suponerse, en estricta armonía con este carácter fantasmal. Leíamos con atención obras tales como el *Ververt* et *Chartreuse* [Ver-vert, La Caruja] de Gresset; *Belfegor* [Belfagor archidiablo], de Machiavelli; *Del Cielo y del Infierno* [Los arcanos celestes], de Swedenborg; *El viaje al interior de la tierra de Nicolás Klim,* de Holberg; *Quiromancia,* de Robert Flud, de Jean D'Indaginé y de De la Chambre; el *Viaje a la distancia azul,* de Tieck; y *La ciudad del Sol,* de Campanella. Nuestro libro favorito era un pequeño volumen en octavo del *Directorium Inquisitorum* [Directorio para Inquisidores], del dominico Eymeric de Gironne, y había pasajes de Pomponius Mela sobre los viejos sátiros africanos y egipanes con los que Usher pasaba largas horas soñando. Pero encontraba su principal gozo en la lectura de un curioso y sumamente raro libro gótico en cuarto—el manual de una iglesia olvidada—, las *Vigiliae Mortuorum secundum Chorum Ecclesiae Maguntinae* [Vigilias de los Muertos según el coro de la iglesia de Maguncia].

No podía yo dejar de pensar en los extraños ritos de esa obra, y en su probable influencia sobre el hipocondríaco, cuando una noche, tras informarse de repente que la señorita Madeline había dejado de existir, declaró su intención de preservar su cadáver durante quince días (antes de su definitivo entierro) en una de las numerosas criptas dentro de la mansión. El motivo humano que alegó para justificar este singular proceder no me dejó libertad para discutir. El hermano había llegado a esta decisión (según me dijo) tras considerar el carácter insólito de la enfermedad de la fallecida, unas inoportunas y ansiosas investigaciones de sus médicos, y la lejana y expuesta situación del cementerio familiar. No negaré que, cuando recordé el siniestro aspecto de la persona con quien me crucé en la escalera el día de mi llegada a la casa, no tuve ningún deseo de oponerme a lo que consideré una precaución inofensiva y de ninguna forma extraña.

A petición de Usher, le ayudé personalmente en los preparativos de la sepultura temporal. Puesto ya el ataúd, los dos solos lo trasladamos a su lugar de descanso. La cripta donde lo depositamos (que llevaba tanto tiempo sin abrir, que nuestras antorchas casi se apagaron por la opresiva atmósfera, dándonos pocas oportunidades de examinarla) era pequeña, húmeda y desprovista de cualquier fuente de luz; estaba a gran profundidad, justo bajo la parte de la casa que ocupaba mi dormitorio. Al parecer, había sido utilizada, en remotos tiempos feudales, con el siniestro uso de mazmorra, y en días más recientes, como almacén de pólvora o de alguna otra sustancia altamente combustible, pues una parte del suelo y todo el interior de un largo pasillo abovedado por donde pasamos para llegar allí estaban cuidadosamente revestidos de cobre. La puerta de hierro macizo también estaba protegida de ese metal. Su enorme peso, al moverse sobre los goznes, producía un chirrido agudo, insólito.

Después de dejar nuestra fúnebre carga sobre caballetes en ese lugar de horror, retiramos, parcialmente, a un lado la tapa aún suelta del ataúd y contemplamos la cara de la muerta. Un asombroso parecido entre el hermano y la hermana fue lo primero me llamó mi atención, y Usher, adivinando quizá mis pensamientos, murmuró unas palabras por las que supe que la difunta y él eran gemelos, y que entre ambos siempre había habido simpatías casi inexplicables. Pero nuestros ojos no se detuvieron mucho tiempo con la muerta, pues no podíamos contemplarla sin miedo. El mal que llevara a la señorita Madeline a la tumba en la fuerza de la juventud había dejado, como es corriente en todas las enfermedades de carácter estrictamente cataléptico, la burla de un leve rubor en el pecho y la cara, y esa sonrisa sospechosamente prolongada en los labios, que es tan terrible en la muerte. Volvimos la tapa a su sitio, la atornillamos, y, cerrando bien la puerta de hierro, regresamos cansados a los aposentos algo menos lúgubres de la parte superior de la casa.

Y entonces, transcurridos unos días de amarga pena, se produjo un notable cambio en las características del trastorno mental de mi amigo. Su porte normal había desaparecido. Descuidaba u olvidaba sus ocupaciones comunes. Vagaba de habitación en habitación con pasos apresurados, desiguales y sin rumbo. La palidez de su rostro había adquirido, si esto era posible, un color aún más espectral, pero había desaparecido por completo la luminosidad de sus ojos. El tono a veces ronco de su voz ya no se oía; y una vacilación trémula, como si estuviera aterrorizado, acompañaba sus palabras de forma habitual. Hubo momentos en que pensé que algún secreto opresivo dominaba su mente siempre agitada, y que luchaba por conseguir valor suficiente para divulgarlo. Otras veces, en cambio, me veía obligado a reducirlo todo a las meras e inexplicables extravagancias de la locura, pues le veía contemplar el vacío largas horas, en actitud de la más profunda atención, como si escuchara algún sonido imaginario. No es de extrañar que su estado me aterrara, que me contagiase. Sentía que se deslizaban en mí, a pasos lentos pero seguros, las extrañas influencias de sus supersticiones fantásticas e impresionantes.

Al retirarme a mi habitación la noche del séptimo u octavo día después de depositar a la señorita Madeline en la cripta, siendo ya muy tarde, experimenté de forma especial y con mucha fuerza esos sentimientos. El sueño no se acercaba a mi lecho y pasaban hora y horas. Luché para vencer con la razón los nervios que me dominaban. Traté de convencerme de que mucho, si no todo lo que sentía, era debido a la desconcertante influencia de los lúgubres muebles de la habitación, de los tapices oscuros y raídos que, atormentados por el soplo de una tempestad incipiente, oscilaban de un lado para otro sobre las paredes y crujían desagradablemente alrededor de los adornos de la cama. Pero mis esfuerzos resultaron inútiles. Un temblor incontenible invadía gradualmente mi cuerpo; y al final se instaló en mi corazón un íncubo, el peso de una alrma absolutamente inmotivada. Intenté sacudírmelo, jadeando, luchando, me incorporé sobre las almohadas y, mientras miraba ansiosamente a la intensa oscuridad de la habitación; presté atención —no sé por qué, salvo que una fuerza instintiva me impulsó— a ciertos sonidos ahogados, indefinidos, que llegaban en las pausas de la tormenta, a largos intervalos, no sé de dónde. Dominado por un intenso sentimiento de horror, inexplicable pero insoportable, me vestí de prisa (pues sabía que no me iba a dormir esa noche) e intenté salir del lamentable estado en el que me encontraba, paseando rápidamente de arriba abajo por la habitación.

Había dado así unas pocas vueltas, cuando un suave paso en la escalera adyacente me llamó la atención. Pronto reconocí que era el paso de Usher. Un instante después llamó con un toque suave a mi puerta y entró con una lámpara. Su semblante, como de costumbre, tenía una palidez cadavérica, pero, además, había en sus ojos una especie de loca alegría, una histeria evidentemente reprimida en toda su actitud. Su aire me dejó pasmado, pero todo era preferible a la soledad que había soportado tanto tiempo, y hasta acogí su presencia como un alivio.

—¿No lo has visto? —dijo bruscamente, después de echar una mirada a su alrededor, en silencio—. ¿No lo has visto, de verdad? ¡Pues espera y lo verás! —y diciendo esto protegió cuidadosamente la lámpara, se acercó a una de las ventanas y la abrió de par en par a la tormenta.

La ráfaga de viento entró con tanta furia que casi nos levanta del suelo. Era en realidad una noche de tormenta, pero de una severa belleza, extrañamente singular en su terror y en su belleza. Al parecer, un torbellino desplegaba su fuerza en nuestra vecindad, pues había frecuentes y violentos cambios en la dirección del viento; y la excesiva densidad de las nubes (tan bajas que casi oprimían las torres de la mansión) no nos impedía ver la viva velocidad con que acudían de todas partes, mezclándose unas con otras sin alejarse. Digo que ni siquiera su excesiva densidad nos impedía verlo, y, sin embargo no nos llegaba un atisbo ni de la luna ni de las estrellas, ni se veía el brillo de los relámpagos. Pero las superficies inferiores de las enormes masas de agitado vapor, y todos los objetos terrestres que nos rodeaban, brillaban en una luz anormal de una gaseosa exhalación, apenas luminosa y claramente visible, que rodeaba la casa y la amortajaba.

—¡No debes mirarlo..., no mires! —dije, estremeciéndome, mientras con suave violencia apartaba a Usher de la ventana para llevarlo a una silla—. Estos espectáculos, que te confunden, no son más que fenómenos eléctricos bastante comunes, o quizá pueden tener su origen en el miasma corrupto del lago. Vamos a cerrar esta ventana; el aire está frío y es peligroso para tu salud. Aquí tienes una de tus novelas predilectas. Yo la leeré y tú escucharás, y así pasaremos juntos esta noche terrible.

El antiguo volumen que había agarrado era *Mad Trist* [Locura en tres fases], de sir Launcelot Canning; pero lo había calificado de libro favorito de Usher más por triste broma que en serio, pues, en realidad, hay poco en su verbosidad tosca y falta de imaginación que pudiera interesar a la elevada e ideal espiritualidad de mi amigo. Era el único libro que tenía a mano y alimenté una vaga esperanza de que la excitación que en ese momento agitaba al hipocondríaco pudiera encontrar alivio (pues la historia de los trastornos mentales está llena de estas anomalías) aun en las extremas locuras que iba a leerle. De haber juzgado, en realidad, la actitud exageradamente tensa y vivaz con que escuchaba, o parecía escuchar, las palabras del relato, podría haberme felicitado por el éxito de mi idea.

Había llegado a esa parte bien conocida de la historia cuando Ethelred, el héroe de *Trist,* después de sus vanos intentos de meterse por las buenas en la morada del eremita, intenta entrar por la fuerza. Ahí, como se recordará, las palabras de la narración son las siguientes:

«Y Ethelred, que por naturaleza tenía un corazón valiente, y que, además, se sentía fortalecido por el poder del vino que había bebido, no esperó al momento de parlamentar con el eremita, que, en realidad, era un hombre de carácter obstinado y malo, sino que, sintiendo la lluvia en los hombros y temiendo el estallido de la tempestad, levantó decididamente su maza y a fuertes golpes abrió un hueco en las tablas de la puerta por donde meter su mano enguantada; y luego, tirando con fuerza hacia sí, rajó, rompió, y destrozó de tal forma que el ruido de la madera seca y hueca retumbó en el bosque y lo llenó de alarma.»

Al terminar esta frase, me sobresalté y me detuve un momento; pues me pareció (aunque en seguida concluí que mi excitada imaginación me había traicionado), me pareció que, desde algún lugar muy alejado de la mansión, llegaba confusamente a mis oídos algo que podía ser, por su parecido, el eco (aunque ahogado y confuso, por cierto) del mismo ruido de rajar y destrozar que sir Launcelot había descrito con tanto detalle. Fue, sin duda alguna, la coincidencia lo que me había llamado la atención; pues, entre el batir de los marcos de las ventanas y los mezclados ruidos normales de la tormenta que seguía aumentando, el sonido en sí, con toda seguridad, no tenía nada que me interesara ni me molestara. Seguí leyendo la historia:

«Pero el buen campeón Ethelred pasó la puerta, y se quedó muy furioso y sorprendido al no percibir señales del malvado eremita y encontrar, en cambio, un dragón prodigioso, cubierto de escamas, con lenguas de fuego, sentado en guardia delante de un palacio de oro con suelo de plata; y del muro colgaba un escudo de reluciente bronce con esta leyenda:

Quien entre aquí conquistador será;
Quien mate al dragón el escudo ganará.

»Y Ethelred levantó la maza y golpeó la cabeza del dragón, que cayó a sus pies y lanzó su pestilente aliento con un alarido tan horrible y áspero, y a la vez tan penetrante, que Ethelred se vio obligado a taparse los oídos con las manos para no escuchar el horrible ruido, tal como jamás se había oído nunca hasta entonces.»

Aquí me detuve otra vez bruscamente, y ahora con un sentimiento de violento asombro, pues no podía dudar de que en esta ocasión había oído de verdad (aunque me resultaba imposible decir de qué dirección procedía) un grito insólito, un sonido chirriante, sofocado y aparentemente lejano, pero áspero, prolongado, la exacta réplica de lo que mi imaginación atribuyera al extranatural alarido del dragón, tal como lo describía el novelista.

Oprimido, como sin duda lo estaba desde la segunda y más extraordinaria coincidencia, por mil sensaciones contradictorias, en las que predominaban el asombro y el pánico, conservé, sin embargo, la suficiente presencia de ánimo como para no excitar con ninguna observación la sensibilidad nerviosa de mi compañero. No estaba seguro de que hubiera advertido tales sonidos, aunque en los últimos instantes se había producido una evidente y extraña alteración de su apariencia. Desde su posición frente a mí, había hecho girar poco a poco su silla, de forma que ahora estaba sentado mirando hacia la puerta de la habitación; y por esto, sólo en parte podía ver yo sus facciones, aunque percibía que le temblaban los labios, como si murmurara algo inaudible. Tenía la cabeza doblada sobre el pecho, pero supe que no estaba dormido porque vi que tenía los ojos muy abiertos y fijos, cuando le miré de reojo. El movimiento del cuerpo contradecía también esta idea, pues se mecía de un lado a otro con un balanceo suave pero continuo y uniforme. Tras haber notado rápidamente todo esto, reanudé la lectura del relato de sir Launcelot, que seguía así:

«Y entonces el campeón, después de escapar a la terrible furia del dragón, se acordó del escudo de bronce y del encantamiento roto, apartó el cadáver de su camino y avanzó con valor por el pavimento de plata del castillo hasta la pared donde colgaba el escudo, el cual, en realidad, no esperó su llegada, sino que cayó a sus pies sobre el suelo de plata con grandísimo y terrible fragor.»

Apenas había pronunciado estas palabras, cuando —como si en realidad un escudo de bronce, en ese momento, hubiera caído con todo su peso sobre un piso de plata— percibí un eco claro, profundo, metálico y resonante, aunque aparentemente sofocado. Incapaz de dominar mis nervios, me puse en pie de un salto, pero el movimiento de balanceo rítmico de Usher no se interrumpió. Corrí apresuradamente hasta el sillón en el que estaba sentado. Sus ojos miraban fijamente hacia delante y dominaba su persona una rigidez pétrea. Pero, cuando posé mi mano sobre su hombro, un fuerte estremecimiento recorrió su cuerpo; una sonrisa infeliz temblaba en sus labios; y vi que hablaba con un murmullo bajo, rápido e incoherente, como si no advirtiera mi presencia. Inclinándome sobre él, muy cerca, bebí, por fin, el horrible significado de sus palabras.

—¿No lo oyes? Sí, yo lo oigo y lo *he oído*. Mucho…. mucho…, mucho tiempo…, muchos minutos, muchas horas, muchos días lo he oído, pero no me atrevía… ¡Oh, ten lástima de mí, miserable, desventurado! ¡No me atrevía…, no me *atrevía* a hablar! *¡La hemos encerrado viva en la tumba!* ¿No dije que mis sentidos son agudos? *Ahora* te digo que oí sus primeros débiles movimientos en el ataúd hueco. Los oí… hace muchos, muchos días…, pero no me atrevía…, *¡no me atrevía a hablar!* Y ahora, esta noche, Ethelred, ¡ja, ja! ¡La puerta rota del eremita, y el grito de muerte del dragón y el estruendo del escudo! ¡Di, más bien, el ruido de su ataúd al rajarse, el chirriar de los goznes de hierro de su cárcel y sus luchas en el pasillo de cobre de la cripta! ¡Oh! ¿Dónde me esconderé? ¿No estará pronto aquí? ¿No se apresura a reprocharme mis prisas? ¿No he oído sus pasos en la escalera? ¿No distingo el pesado y horrible latido de su corazón? ¡INSENSATO! —y aquí, furioso, de un salto, se puso de pie, y gritó estas palabras como si en ese esfuerzo entregara el alma—: ¡INSENSATO! ¡TE DIGO QUE ESTÁ DEL OTRO LADO DE LA PUERTA!

Como si la energía sobrehumana de su voz tuviera el poder del hechizo, los enormes y antiguos batientes que Usher señalaba abrieron lentamente, en ese momento, sus pesadas mandíbulas de ébano. Era obra de la violenta ráfaga, pero allí, al otro lado de la puerta *estaba* la alta y amortajada figura de la señorita Madeline Usher. Había sangre en sus ropas blancas, y huellas de un forcejeo en cada parte de su demacrado cuerpo. Por un instante se mostró temblorosa, tambaleándose en el umbral; luego, con un lamento sofocado, cayó pesadamente hacia dentro, sobre el cuerpo de su hermano, y en su violenta agonía final lo arrastró al suelo, muerto, víctima de los terrores que había anticipado.

Huí horrorizado de aquella cámara, de aquella mansión. Fuera seguía la tormenta con toda su furia cuando me encontré cruzando la vieja calzada. De repente surgió en el sendero una luz extraña y me volví para ver de dónde podía salir tan increíble brillo, pues la enorme casa y sus sombras quedaban solas detrás de mí. El resplandor venía de la luna llena, roja como la sangre, que brillaba ahora a través de aquella grieta apenas perceptible, como he descrito, que se extendía en zigzag desde el tejado de la casa hasta su base. Mientras la contemplaba, la grieta se iba ensanchando, pasó un furioso soplo de torbellino, todo el disco de la luna estalló entonces ante mis ojos, y mi espíritu vaciló al ver que se desplomaban los pesados muros, y hubo un largo y tumultuoso clamor como la voz de mil torrentes, y a mis pies se cerró, sombrío y silencioso, el profundo y corrompido lago sobre los restos de la Casa Usher.

---

[1] "Su corazón es un laúd suspendido; / tan pronto como se le toca, suena." (Pierre Jean de Béranger (1780-1857), *Le Refus* [El rechazo]).

* Watson, el doctor Percival, Spallanzani y , sobre todo, el obispo Landaff. Véase *Ensayos químicos,* vol V.

EL GATO NEGRO

No espero ni pido que nadie crea el extraño aunque simple relato que voy a escribir. Estaría completamente loco si lo esperase, pues mis sentidos rechazan su evidencia. Pero no estoy loco, y sé perfectamente que esto no es un sueño. Mañana voy a morir, y quiero de alguna forma aliviar mi alma. Mi intención inmediata consiste en poner de manifiesto simple y llanamente y sin comentarios una serie de episodios domésticos. Las consecuencias de estos episodios me han aterrorizado, me han torturado y, por fin, me han destruido. Pero no voy a explicarlos. Si para mí han sido horribles, para otros resultarán menos espantosos que *barroques*. En el futuro, quizá aparezca alguien cuya inteligencia reduzca mis fantasmas a lugares comunes, una inteligencia más tranquila, más lógica y mucho menos excitable que la mía, capaz de ver en las circunstancias que voy a describir con miedo una simple sucesión de causas y efectos naturales.

Desde la infancia sobresalí por docilidad y bondad de carácter. La ternura de corazón era tan grande que llegué a convertirme en objeto de burla para mis compañeros. Me gustaban, de forma singular, los animales, y mis padres me permitían tener una variedad muy amplia. Pasaba la mayor parte de mi tiempo con ellos y nunca me sentía tan feliz como cuando les daba de comer y los acariciaba. Este rasgo de mi carácter crecía conmigo y, cuando llegué a la madurez, me proporcionó uno de los mayores placeres. Quienes han sentido alguna vez afecto por un perro fiel y sagaz no necesitan que me moleste en explicarles la naturaleza o la intensidad de la satisfacción que se recibe. Hay algo en el generoso y abnegado amor de un animal que llega directamente al corazón del que con frecuencia ha probado la falsa amistad y frágil fidelidad del *hombre*.

Me casé joven y tuve la alegría de que mi mujer compartiera mis preferencias. Cuando advirtió que me gustaban los animales domésticos, no perdía ocasión para proporcionarme los más agradables. Teníamos pájaros, peces de colores, un hermoso perro, conejos, un mono pequeño y un *gato*.

Este último era un hermoso animal, bastante grande, completamente negro y de una sagacidad asombrosa. Cuando se refería a su inteligencia, mi mujer, que en el fondo era bastante supersticiosa, aludía con frecuencia a la antigua creencia popular de que todos los gatos negros eran brujas disfrazadas. No quiero decir que lo creyera *en serio,* y sólo menciono el asunto porque acabo de recordarla.

Pluto —pues así se llamaba el gato— era mi favorito y mi camarada. Sólo yo le daba de comer, y él en casa me seguía por todas partes. Incluso me resultaba difícil impedirle que siguiera mis pasos por la calle.

Nuestra amistad duró varios años, en el transcurso de los cuales mi temperamento y mi carácter, por causa del demonio Intemperancia (y me pongo rojo al confesarlo), se habían alterado radicalmente. Día a día me fui volviendo más irritable, malhumorado e indiferente hacia los sentimientos ajenos. Llegué, incluso, a usar palabras duras con mi mujer, y terminé recurriendo a la violencia física. Por supuesto, mis favoritos sintieron también el cambio de mi carácter. No sólo los descuidaba, sino que llegué a hacerles daño. Sin embargo, hacia Pluto sentía el suficiente respeto como para abstenerme de maltratarlo, cosa que hacía con los conejos, el mono y hasta el perro, cuando, por casualidad o por afecto, se cruzaban en mi camino. Pero mi enfermedad empeoraba —pues, ¿qué enfermedad se puede comparar con el alcohol?—, y al fin incluso Pluto, que ya empezaba a ser viejo y, por tanto, irritable, empezó a sufrir las consecuencias de mi mal humor.

Una noche en que volvía a casa completamente borracho, después de una de mis correrías por el centro de la ciudad, me pareció que el gato evitaba mi presencia. Lo agarré y, asustado por mi violencia, me mordió ligeramente en la mano. Al instante se apoderó de mí una furia de diablos y ya no supe lo que hacía. Fue como si la raíz de mi alma se separaba de un golpe del cuerpo; y una maldad más que diabólica, alimentada por la ginebra, estremeció cada fibra de mi ser. Saqué del bolsillo del chaleco un cortaplumas, lo abrí mientras seguía sujetando al pobre animal por el pescuezo y deliberadamente le saqué un ojo. Me pongo más rojo que un tomate, siento vergüenza, tiemblo mientras escribo tan reprochable atrocidad.

Cuando me volvió la razón con la mañana, cuando el sueño hubo disipado los vapores de la orgía nocturna, sentí que el horror se mezclaba con el remordimiento ante el crimen del que era culpable, pero sólo era un sentimiento débil y equívoco, y no llegó a tocar mi alma. Otra vez me hundí en los excesos y pronto ahogué en vino los recuerdos de lo sucedido.

El gato mientras tanto mejoraba lentamente. La cuenca del ojo perdido presentaba un horrible aspecto, pero el animal parecía que ya no sufría. Se paseaba, como de costumbre, por la casa; aunque, como se puede imaginar, huía aterorizado al verme. Me quedaba bastante de mi antigua forma de ser para sentirme agraviado por la evidente antipatía de un animal que una vez me había querido tanto. Pero ese sentimiento pronto cedió paso a la irritación. Y entonces se presentó, para mi derrota final e irrevocable, el espíritu de la PERVERSIDAD. La filosofía no tiene en cuenta a este espíritu. Sin embargo, estoy tan seguro de que mi alma existe como de que la perversidad es uno de los impulsos primordiales del corazón humano..., una de las facultades primarias indivisibles, uno de los sentimientos que dirigen el carácter del hombre. ¿Quién no se ha sorprendido a sí mismo cien veces en los momentos en que cometía una acción estúpida o malvada por la simple razón de que *no debía* cometerla? ¿No hay en nosotros una tendencia permanente, que nos enfrenta con el sentido común, a transgredir lo que constituye *la Ley* por el simple hecho de serlo (existir)? Este espíritu de perversidad se presentó, como he dicho, en mi caída final. Y ese insondable anhelo que tenía el alma de vejarse a sí misma, de violentar su naturaleza, de hacer el mal por el mal mismo, me empujó a continuar y finalmente a consumar el suplicio que había infligido al inocente animal. Una mañana, a sangre fría, le pasé un lazo por el pescuezo y lo ahorqué en la rama de un árbol, lo ahorqué mientras las lágrimas me brotaban de los ojos y el más amargo remordimiento me retorcía el corazón; lo ahorqué *porque* recordaba que me había querido y *porque* estaba seguro de que no me había dado motivos para matarlo; lo ahorqué *porque* sabía que, al hacerlo, cometía un pecado, un pecado mortal que pondría en peligro mi alma hasta llevarla —si esto fuera posible— más allá del alcance de la infinita misericordia del dios más misericordioso y más terrible.

La noche del día en que cometí ese acto cruel me despertaron gritos de «¡Fuego!». La ropa de mi cama era una llama, y toda la casa estaba ardiendo. Con gran dificultad pudimos escapar del incendio mi mujer, un criado y yo. Todo quedó destruido. Mis bienes terrenales se perdieron y desde ese momento no me quedó más remedio que resignarme.

No caeré en la debilidad de establecer una relación de causa y efecto entre el desastre y la acción criminal que cometí. Simplemente me limito a detallar una cadena de hechos, y no quiero dejar suelto ningún eslabón. Al día siguiente del incendio visité las ruinas. Todas las paredes, salvo una, se habían desplomado. La que quedaba en pie era un tabique divisorio, de poco espesor, situado en el centro de la casa, y contra el cual antes se apoyaba la cabecera de mi cama. El yeso del tabique había aguantado la acción del fuego, algo que atribuí a su reciente aplicación. Una apretada muchedumbre se había reunido alrededor de esta pared y varias personas parecían examinar parte de la misma atenta y minuciosamente. Las palabras «¡extraño!, ¡curioso!» y otras parecidas despertaron mi curiosidad. Al acercarme más vi que en la blanca superficie, grabada en bajorrelieve, aparecía la figura de un gigantesco *gato*. El contorno tenía una nitidez verdaderamente extraordinaria. Había una cuerda alrededor del pescuezo del animal.

Al descubrir esta aparición —ya que no podía considerarla otra cosa— el asombro y el terror me dominaron. Pero la reflexión vino en mi ayuda. Recordé que había ahorcado al gato en un jardín colindante con la casa. Cuando se produjo la alarma del incendio, la gente invadió inmediatamente el jardín: alguien debió cortar la soga y tirar al gato en mi habitación por la ventana abierta. Sin duda habían tratado así de despertarse. Probablemente la caída de las paredes comprimió a la víctima de mi crueldad contra el yeso recién encalado, cuya cal, junto con la acción de las llamas y el amoniaco del cadáver, produjo la imagen que ahora veía.

Aunque, con estas explicaciones, quedó satisfecha mi razón, pero no mi conciencia, sobre el asombroso hecho que acabo de describir, lo ocurrido impresionó profundamente mi imaginación. Durante meses no pude librarme del fantasma del gato, y en todo ese tiempo dominó mi espíritu un sentimiento informe, que se parecía, sin serlo, al remordimiento. Llegué incluso a lamentar la pérdida del gato y a buscar, en los sucios antros que habitualmente frecuentaba, otro animal de la misma especie y de apariencia parecida, que pudiera ocupar su lugar.

Una noche, medio borracho, me encontraba en una taberna pestilente, y me llamó la atención algo negro posado en uno de los grandes toneles de ginebra, que constituían el principal mobiliario del lugar. Durante unos minutos había estado mirando fijamente ese tonel y me sorprendió no haber advertido antes la presencia de la mancha negra de encima. Me acerqué a él y lo toqué con la mano. Era un gato negro, un gato muy grande, tan grande como Pluto y exactamente igual a éste, salvo en un detalle. Pluto no tenía ni un pelo blanco en el cuerpo, mientras este gato mostraba una mancha blanca, tan grande como indefinida, que le cubría casi todo el pecho.

Al acariciarlo, se levantó en seguida, empezó a ronronear con fuerza, se restregó contra mi mano y pareció encantado de mis cuitas. Había encontrado al animal que estaba buscando. Inmediatamente propuse comprárselo al tabernero, pero me contestó que no era suyo, y que no lo había visto nunca antes ni sabía nada del gato.

Seguí acariciando al gato y, cuando iba a irme a casa, el animal se mostró dispuesto a acompañarme. Le permití que lo hiciera, parándome una y otra vez para agacharme y acariciarlo. Cuando estuvo en casa, se acostumbró en seguida y pronto se convirtió en el gran favorito de mi mujer.

Por mi parte, pronto sentí que nacía en mí una antipatía hacia el animal. Era exactamente lo contrario de lo que yo había esperado, pero —sin que pueda justificar cómo ni por qué— su evidente afecto por mí me disgustaba y me irritaba. Lentamente tales sentimientos de disgusto y molestia se transformaron en la amargura del odio. Procuraba no encontrarme con el animal; un resto de vergüenza y el recuerdo de mi acto de crueldad me frenaban de maltratarlo. Durante algunas semanas no le pegué ni fue la víctima de mi violencia; pero gradualmente, muy gradualmente, llegué a sentir una inexpresable repugnancia por él y a huir en silencio de su odiosa presencia, como si fuera un brote de peste.

Lo que probablemente contribuyó a aumentar mi odio hacia el animal fue descubrir, a la mañana siguiente de haberlo traído a casa, que aquel gato, igual que Pluto, no tenía un ojo. Sin embargo, fue precisamente esta circunstancia la que le hizo más agradable a los ojos de mi mujer, quien, como ya dije, poseía en alto grado esos sentimientos humanitarios que una vez fueron mi rasgo distintivo y la fuente de mis placeres más simples y puros.

El cariño del gato hacia mí parecía aumentar en la misma proporción que mi aversión hacia él. Seguía mis pasos con una testarudez que me resultaría difícil hacer comprender al lector. Dondequiera que me sentara venía a agazaparse bajo mi silla o saltaba a mis rodillas, cubriéndome con sus repugnantes caricias. Si me ponía a pasear, se metía entre mis pies y así, casi, me hacía caer, o clavaba sus largas y afiladas garras en mi ropa y de esa forma trepaba hasta mi pecho. En esos momentos, aunque deseaba hacerlo desaparecer de un golpe, me sentía completamente paralizado por el recuerdo de mi crimen anterior, pero sobre todo —y quiero confesarlo aquí— por un terrible *temor* al animal.

Aquel temor no era exactamente miedo a un mal físico, y, sin embargo, no sabría definirlo de otra manera. Me siento casi avergonzado de admitir —sí, aun en esta celda de criminales me siento casi avergonzado de admitir que el terror, el horror que me causaba aquel animal, era alimentado por una de las más insensatas quimeras que fuera posible concebir. Más de una vez mi mujer me había llamado la atención sobre la forma de la mancha de pelo blanco, de la cual ya he hablado, y que constituía la única diferencia entre este extraño animal y el que yo había matado. El lector recordará que esta mancha, aunque era grande, había sido al principio muy indefinida, pero, gradualmente, de forma casi imperceptible mi razón tuvo que luchar durante largo tiempo para rechazarla ecomo imaginaria, la mancha iba adquiriendo una rigurosa nitidez en sus contornos. Ahora ya representaba algo que me hace temblar cuando lo nombro —y por eso odiaba, temía y me habría librado del monstruo si *me hubiese atrevido a hacerlo*—; representaba, digo, la imagen de una cosa atroz, siniestra…, ¡la imagen del PATÍBULO! ¡Oh lúgubre y terrible máquina del horror y del crimen, de la agonía y de la muerte!

Y entonces me sentí más miserable que todas las miserias del mundo juntas. ¡Pensar que una *bestia,* cuyo semejante yo había destruido desdeñosamente, una *bestia* era capaz de producir esa angustia tan insoportable sobre mí, un hombre creado a imagen y semejanza de Dios! ¡Ay, ni de día ni de noche pude ya gozar de la bendición del descanso! De día, ese animal no me dejaba ni un instante solo; y de noche, me despertaba sobresaltado por sueños horrorosos sintiendo el ardiente aliento de *aquella cosa* en mi rostro y su enorme peso —encarnada pesadilla que no podía quitarme de encima— apoyado eternamente sobre *mi corazón*.

Bajo la opresión de estos tormentos, sucumbió todo lo poco que me quedaba de bueno. Sólo los malos pensamientos disfrutaban de mi intimidad; los más retorcidos, los más perversos pensamientos. La tristeza habitual de mi mal humor terminó convirtiéndose en aborrecimiento de todo lo que estaba a mi alrededor y de toda la humanidad; y mi mujer, que no se quejaba de nada, llegó a ser la más habitual y paciente víctima de las repentinas y frecuentes explosiones incontroladas de furia a las que me abandonaba.

Un día, por una tarea doméstica, me acompañó al sótano de la vieja casa donde nuestra pobreza nos obligaba a vivir. El gato me siguió escaleras abajo y casi me hizo caer de cabeza, por lo que me desesperé casi hasta volverme loco. Alzando un hacha y olvidando en mi rabia los temores infantiles que hasta entonces habían detenido mi mano, lancé un golpe que hubiera causado la muerte instantánea del animal si lo hubiera alcanzado. Pero la mano de mi mujer detuvo el golpe. Su intervención me llenó de una rabia más que demoníaca; me solté de su abrazó y le hundí el hacha en la cabeza. Cayó muerta a mis pies, sin un quejido.

Consumado el horrible asesinato, me dediqué urgentemente y a sangre fría a la tarea de ocultar el cuerpo. Sabía que no podía sacarlo de casa, ni de día ni de noche, sin correr el riesgo de que los vecinos me vieran. Se me ocurrieron varias ideas. Por un momento pensé descuartizar el cadáver y quemarlo a trozos. Después se me ocurrió cavar una tumba en el piso del sótano. Luego consideré si no convenía arrojarlo al pozo del patio, o meterlo en una caja, como si fueran mercancías, y, con los trámites normales, y llamar a un mozo de cuerda para que lo retirase de la casa. Por fin, di con lo que me pareció el mejor recurso. Decidí emparedar el cadáver en el sótano, tal como se cuenta que los monjes de la Edad Media emparedaban a sus víctimas.

El sótano se prestaba bien para este propósito. Las paredes eran de un material poco resistente, y estaban recién encaladas con una capa de yeso que la humedad del ambiente no había dejado endurecer. Además, en una de las paredes había un saliente, una falsa chimenea, que se había rellenado de forma que se pareciera al resto del sótano. Sin ningún género de dudas se podían quitar fácilmente los ladrillos de esa parte, introducir el cadáver y tapar el agujero como antes, de forma que ninguna mirada pudiera descubrir nada sospechoso.

No me equivocaba en mis cálculos. Con una palanca saqué fácilmente los ladrillos y, después de colocar con cuidado el cuerpo contra la pared interior, lo mantuve en esa posición mientras colocaba de nuevo los ladrillos en su forma original Después de procurarme argamasa, arena y cerda, preparé con precaución un yeso que no se distinguía del anterior, y revoqué cuidadosamente el enladrillado. Terminada la tarea, me sentí satisfecho de que todo hubiera quedado bien. La pared no mostraba la menor señal de haber sido alterada. Recogí del suelo los cascotes más pequeños. Y triunfante miré alrededor y me dije: «Aquí, por lo menos, no he trabajado en vano.»

El paso siguiente consistió en buscar a la bestia que había causado tanta desgracia; pues por fin me había decidido a matarla. Si en aquel momento el gato hubiera aparecido ante mí, habría quedado sellado su destino, pero, por lo visto, el astuto animal, alarmado por la violencia de mi primer acceso de cólera, se cuidaba de aparecer mientras no se me pasara mi mal humor. Es imposible describir, ni imaginar el profundo y feliz sentimiento de alivio que la ausencia del odiado animal trajo a mi pecho. No apareció aquella noche, y así, por primera vez desde su llegada a la casa, pude dormir profunda y tranquilamente; sí, pude *dormir*, incluso con el peso del asesinato en mi alma.

Pasaron el segundo y el tercer día y no volvía mi atormentador. Una vez más respiré como un hombre libre. ¡El monstruo aterrorizado había huido de casa para siempre! ¡No volvería a verlo! Grande era mi felicidad, y la culpa de mi negra acción me preocupaba poco. Se hicieron algunas investigaciones, a las que me costó mucho contestar. Incluso registraron la casa, pero naturalmente no se descubrió nada. Consideraba que me había asegurado mi felicidad futura.

Al cuarto día, después del asesinato, un grupo de policías entró en la casa intempestivamente y procedió otra vez a una rigurosa inspección. Seguro de que mi escondite era inescrutable, no sentí la menor inquietud. Los agentes me pidieron que los acompañara en su registro. No dejaron ningún rincón ni escondrijo sin revisar. Al final, por tercera o cuarta vez bajaron al sótano. No me temblaba ni un solo músculo. Mi corazón latía tranquilamente como el de quien duerme en la inocencia. Me paseaba de un lado a otro del sótano. Había cruzado los brazos sobre el pecho e iba tranquilamente de acá para allá. Los policías quedaron totalmente satisfechos y se disponían a marcharse. El júbilo de mi corazón era demasiado fuerte para ser reprimido. Ardía en deseos de decirles, al menos, una palabra como prueba de triunfo y de asegurar doblemente su certidumbre sobre mi inocencia.

—Caballeros —dije, por fin, cuando el grupo subía la escalera—, me alegro de haber disipado sus sospechas.

Les deseo felicidad y un poco más de cortesía. Por cierto, caballeros, esta casa está muy bien construida… (En mi rabioso deseo de decir algo con naturalidad, no me daba cuenta de mis palabras.). Repito que es una casa *excelentemente* construida. Estas paredes… ¿ya se van ustedes, caballeros?… estas paredes son de gran solidez.

Y entonces, empujado por el frenesí de mis bravatas, golpeé fuertemente con el bastón que llevaba en la mano sobre la pared de ladrillo tras la cual estaba el cadáver de la esposa de mi alma.

¡Que Dios me proteja y me libre de las garras del archidemonio! Apenas había cesado el eco de mis golpes, y una voz me contestó desde dentro de la tumba. Un quejido, ahogado y entrecortado al principio, como el sollozar de un niño, que luego creció rápidamente hasta convertirse en un largo, agudo y continuo grito, completamente anormal e inhumano, un aullido, un alarido quejumbroso, mezcla de horror y de triunfo, como sólo puede surgir en el infierno de la garganta de los condenados en su agonía y de los demonios gozosos en la condenación.

Hablar de lo que pensé en ese momento es una locura. Presa de vértigo, fui tambaleándome hasta la pared de enfrente. Por un instante el grupo de hombres de la escalera se quedó paralizado por el espantoso terror. Luego, una docena de robustos brazos atacó la pared, que cayó de un golpe. El cadáver, ya corrompido y cubierto de sangre coagulada, apareció de pie ante los ojos de los espectadores. Sobre su cabeza, con la roja boca abierta y el único ojo de fuego, estaba agazapada la horrible bestia cuya astucia me había llevado al asesinato y cuya voz delatora me entregaba ahora al verdugo. ¡Había emparedado al monstruo en la tumba!

MANUSCRITO
HALLADO EN UNA BOTELLA

Qui n'a plus qu'un moment à vivre
N'a plus rien à dissimuler.

(QUINAULT, *Atys*)[1]

De mi país y de mi familia poco tengo que contar. Un trato injusto y el paso de los años me alejaron del uno y me distanciaron de la otra. Mi patrimonio me permitió recibir una educación esmerada, y la tendencia contemplativa de mi espíritu me permitió el ordenamiento metódico de los conocimientos acumulados en mis años de estudio. El estudio de los moralistas alemanes me ofreció un placer muy superior a cualquier otro, no porque equivocadamente yo admirase su elocuente locura, sino por la facilidad con que mis hábitos mentales me permitían descubrir sus falsedades. Se me ha reprochado a menudo la aridez de mi inteligencia, imputándose como un crimen la falta de imaginación; el pirronismo de mis opiniones me ha dado fama en todo momento. En realidad temo que mi predilección por la filosofía física haya impregnado mi mente de un error muy frecuente en nuestra época: me refiero a la costumbre de atribuir todo suceso, incluso el menos susceptible de esta referencia, a los principios de aquella disciplina. En general, yo creo que nadie está menos expuesto que yo al peligro de salirse de los rígidos límites de la verdad, seducido por los *ignes fatui* [fuegos fatuos] de la superstición. Me ha parecido adecuado establecer esta premisa, para que el increíble relato que voy a hacer no sea considerado como el delirio de una imaginación desenfrenada, en lugar de la experiencia positiva de una inteligencia para la que los ensueños de la fantasía son letra muerta y nula.

Después de pasar algunos años viajando por el extranjero, en el año 18... me embarqué en el puerto de Batavia, ciudad de la rica y populosa isla de Java, para hacer un viaje al archipiélago de las islas de la Sonda. Me hice a la mar en calidad de pasajero, sin otro motivo que una cierta inquietud nerviosa que me hostigaba como si fuera un demonio.

Nuestro barco era un hermoso navío de unas cuatrocientas toneladas, con remaches de cobre y había sido construido en Bombay, de madera de teca de Malabar. Transportaba una carga de algodón en rama y aceite de las islas Laquedivas. También llevábamos a bordo bonote, azúcar de palmera, manteca clarificada de leche de búfalo, cocos y unos cajones de opio. El arrumaje había sido torpemente hecho y, por lo tanto, el barco escoraba.

Partimos con poco viento a favor, y durante algunos días navegamos cerca de la costa oriental de Java, sin otro incidente para paliar la monotonía de nuestro derrotero que el encuentro ocasional con algunos de los pequeños *grabs* [cuervos] del archipiélago a donde nos dirigíamos.

Una tarde, mientras me encontraba apoyado en el coronamiento, me fijé hacia el noroeste en una nube aislada de aspecto extraño. Era notable tanto por su color como por ser la primera que habíamos visto desde nuestra partida de Batavia. La estuve mirando continuamente hasta la puesta del sol, cuando empezó a ensancharse hacia el este y el oeste, cerniendo el horizonte con una estrecha franja de vapor que parecía una extensa playa baja. Pronto me llamó la atención el color rojizo oscuro de la luna y la extraña apariencia del mar. Se operaba en éste un cambio rápido, y el agua parecía más transparente que de costumbre. Aunque podía distinguir perfectamente el fondo, eché la sonda y descubrí que había quince brazas. El aire se había vuelto insoportablemente caliente y se llenaba de exhalaciones en espiral parecidas a las que despide el hierro candente. Mientras caía la noche, cesó la más ligera brisa, y hubiera sido imposible concebir calma más absoluta. La llama de una vela colocada en la popa brillaba sin ninguna oscilación, y un cabello, sostenido entre dos dedos, colgaba sin que se pudiera advertir vibración alguna. No obstante, como el capitán manifestara que no veía indicación de peligro, aunque evidentemente estábamos derivando hacia la costa, mandó arriar las velas y echar el ancla. No se montó la guardia, y la tripulación, formada principalmente por malayos, se echó a descansar sobre el puente. Bajé a la cámara, apremiado por un penoso presentimiento de desgracia. Todas las apariencias justificaban mis aprensiones de un huracán. Comuniqué mis temores al capitán; pero no hizo caso a mis palabras y se alejó sin dignarse darme una respuesta. Mi inquietud, sin embargo, no me dejaba dormir, y alrededor de medianoche subí a cubierta. Cuando apoyaba el pie en el último peldaño de la escalera de toldilla, me sorprendió un fuerte rumor como el zumbido que produce una rueda de molino girando rápidamente, y antes de que pudiera captar su significado, sentí que la embarcación vibraba. Un instante después un mar de espuma nos caía de través y, pasando sobre el puente, barría la cubierta de proa a popa.

La excesiva violencia de la ráfaga supuso en gran me-

dida la salvación del barco. Aunque se encontraba totalmente sumergido, como sus mástiles se habían ido por
la borda, surgió lentamente a la superficie después de
un minuto, y, vacilando unos instantes bajo la terrible
presión de la tempestad, terminó enderezándose.

Me resulta imposible decir por qué milagro escapé
a la destrucción. Aturdido por el choque del agua, me
encontré, después de volver en mí, apresado entre el
codaste y el timón. Me puse en pie con gran dificultad,
y mirando a mi alrededor, mareado, se me ocurrió que
estábamos encallados entre los arrecifes, por el terrible
e inimaginable remolino formado por las montañas de
espuma y agua en que estábamos sumidos, que sobrepasaba en terror la más alocada fantasía. Un momento
después oí la voz de un viejo sueco, que había embar-
cado con nosotros en el momento en que el barco se
hacía a la mar. Lo llamé con todas mis fuerzas, y vino
tambaleándose a popa. No tardamos en descubrir que
éramos los únicos supervivientes de la catástrofe. Todo
lo que se encontraba en el puente, si nos exceptuába-
mos nosotros, había sido barrido y tirado por la borda;
el capitán y los oficiales debían de haber perecido mientras dormían, porque los camarotes estaban inundados.
Sin ayuda, poco podíamos hacer para salvar el barco, y
nos sentimos paralizados por el miedo a zozobrar en
cualquier momento. El cable del ancla, por supuesto,
se había roto como un bramante al primer embate del
huracán, pues en caso contrario nos habríamos hundido en un instante. Corríamos con terrible velocidad y
las olas rompían en cubierta. El maderamen de popa estaba muy destrozado y todo el barco presentaba muchos
boquetes; pero con gran alegría descubrimos que las
bombas no se habían atascado y que no se había des-
plazado el lastre. Ya la primera furia del huracán estaba

amainando, y no corríamos mucho peligro por el viento, pero nos aterraba la idea de que cesara por completo, pues creíamos que con la desastrosa condición del barco pereceríamos en el tremendo oleaje que seguiría. Sin embargo, esta legítima aprensión no pareció confirmarse. Durante cinco días y cinco noches —durante los cuales nos alimentamoscon una pequeña cantidad de azúcar de palmera, conseguida con gran dificultad en el castillo de proa—, el desencajado barco voló a una velocidad que desafiaba toda medida, impulsado por sucesivas ráfagas de viento, que, aun sin igualar la primera violencia del huracán eran más aterradoras que cualquier otra tempestad que hubiera visto antes. Nuestro rumbo, con pequeñas variaciones, durante los primeros cuatro días fue sur-sudeste; y tuvimos que pasar cerca de la costa de Nueva Holanda. Al quinto día el tiempo se puso muy frío, aunque el viento había girado un punto hacia el norte. El sol se alzó con un brillo amarillo enfermizo, y remontó unos pocos grados por encima del horizonte, sin emitir una luz clara. No se veían nubes, y el viento cada vez arreciaba más y soplaba con furiosas ráfagas irregulares. Hacia mediodía —en la medida en que podíamos calcular la hora— otra vez nos llamó la atención el sol. No daba luz que mereciera con propiedad ese nombre, sino un resplandor apagado y tétrico, sin reflejos, como si todos sus rayos estuvieran polarizados. Poco antes de sumergirse en el henchido mar, se apagó su fuego central bruscamente, como si lo extinguiera un poder inexplicable. Sólo quedó un aro pálido y plateado precipitándose en el insondable mar.

Esperamos en vano la llegada del sexto día… Para mí ese día aún no ha llegado, y para el sueco no llegó jamás. Desde ese momento quedamos envueltos en negras tinieblas, hasta tal punto que no habríamos podido ver un objeto a veinte pasos del barco. La noche eterna siguió rodeándonos, ni siquiera menguada por la luminosidad fosfórica del mar, a la que nos habíamos acostumbrado en los trópicos. También observamos que, aunque la tempestad seguía bramando con violencia, ya no se veía el oleaje espumoso que nos rodeaba antes. A nuestro alrededor todo era horror, profunda oscuridad y un negro y moribundo desierto de ébano. El terror supersticioso ganaba gradualmente el ánimo del viejo sueco, y mi alma estaba envuelta en silencioso asombro. Descuidamos toda atención al barco, por considerarla inútil, y después nos atamos lo mejor que pudimos al tocón del palo de mesana, mirando amargamente al inmenso océano. No teníamos forma de calcular el tiempo, y era imposible adivinar nuestra posición. Sin embargo, advertíamos que llevábamos navegando hacia el sur una distancia mayor que la recorrida por cualquier otro navegante, y nos quedamos asombrados por no encontrar los habituales obstáculos de hielo. Mientras tanto, cada instante amenazaba con ser el último para nosotros, y olas tan grandes como montañas se precipitaban para aniquilarnos. El oleaje sobrepasaba todo lo que yo había imaginado, y sólo de milagro no zozobrábamos a cada instante. Mi compañero aludió a la ligereza de nuestro cargamento y me recordó las excelentes cualidades de nuestro barco; pero yo no podía dejar de sentir la completa inutilidad de la esperanza y me preparaba melancólicamente a una muerte que, en mi opinión, no podía ya retrasarse más de una hora, pues a cada nudo que avanzaba el barco el oleaje de ese horrendo mar tenebroso se volvía más violento. A veces jadeábamos buscando aire, a una altura superior a la del albatros; otras, nos mareábamos con la velocidad del descenso hacia un infierno de agua, donde al aire parecía estancado y ningún sonido molestaba el sueño de los «kraken».

Nos encontrábamos en la profundidad de uno de esos abismos, cuando un grito repentino de mi compañero se alzó horriblemente en la noche. «¡Mira! ¡Mira!», me gritaba al oído. «¡Dios todopoderoso, mira, mira!»

Mientras hablaba, noté que un lúgubre y apagado resplandor rojizo fluía por los lados del enorme abismo donde nos habíamos hundido, arrojando un luz vacilante sobre cubierta. Levantando los ojos, contemplé un espectáculo que me heló la sangre. A una altura terrorífica, por encima de nosotros, y al mismo borde de aquel precipicio de agua, flotaba un gigantesco buque de unas cuatro mil toneladas. Aunque en la cresta de una ola tan grande que le sobrepasaba cien veces por alto, su tamaño excedía al de cualquier buque de guerra o de la Compañía de Indias Orientales. Su enorme casco era de un negro profundo y opaco, y no tenía ni los mascarones ni los adornos de un navío. Por las portañolas abiertas asomaba una sola fila de cañones de bronce, cuyas relucientes superficies reflejaban las luces de innumerables linternas de combate que se balanceaban entre las jarcias. Pero lo que más me llenó de horror y asombro fue que el buque con rumbo a sotavento tenía todas las velas desplegadas en medio de aquel mar sobrenatural y aquel huracán ingobernable. Cuando lo descubrimos por por primera vez sólo se distinguía su proa, mientras lentamente se elevaba desde el tenebroso y horrible golfo de donde venía. Durante un instante de intenso terror el barco se quedó parado sobre la vertiginosa cima, como si estuviera contemplando su propia grandeza. Luego tembló, vaciló y… se precipitó hacia abajo.

En aquel instante no sé qué repentino dominio se apoderó de mí. Tambaleando me situé tan a la popa como pude y esperé sin miedo la destrucción que nos iba a liquidar. Nuestro barco ya había dejado de luchar y se estaba hundiendo de proa. El choque de la masa descendente lo alcanzó en su estructura medio hundida, y como resultado inevitable me arrojó con irresistible violencia sobre las jarcias del buque desconocido.

En el momento de mi caída, el barco viró, y atribuí a la confusión reinante el hecho de que pasara inadvertido a los ojos de la tripulación. Me abrí camino, sin dificultad, hacia la escotilla principal, que estaba medio abierta, y pronto encontré la oportunidad de esconderme en la cala. No sabría decir por qué lo hice. Quizá se debiera al sentimiento de temor que desde el primer momento me inspiraron los tripulantes de aquel buque. No me atrevía a confiar en una gente que, después de la ojeada rápida que pude echar, me producía tanta extrañeza como duda y aprensión. Y por esto me pareció lo más adecuado buscar un escondrijo en la cala. Lo conseguí quitando unas tablas del armazón movible, y así me aseguré un sitio entre las enormes cuadernas del buque.

Apenas había terminado mi trabajo, unas pisadas en la cala me obligaron a hacer uso del escondrijo. Desde mi refugio pude ver a un hombre que se movía con paso débil e inseguro. No pude verle la cara, pero observé su aspecto general. Se notaban las huellas de una edad muy avanzada y una gran debilidad. Le temblaban las rodillas bajo el peso de los años y todo su cuerpo parecía agobiado por la carga. Hablaba consigo, en voz baja y entrecortada, unas palabras en una lengua que no pude entender, y anduvo palpando en un rincón entre un sinnúmero de instrumentos extraños y viejas cartas de navegación. En su actitud había una extraña mezcla del malhumor de la segunda infancia y de la solemne dignidad de un dios. Por fin subió al puente y ya no volví a verlo.

Un sentimiento, para el cual no encuentro nombre, se ha apoderado de mi alma, una sensación que no admite análisis, que no explican las razones de tiempos pasados y me temo que no voy a encontrar la clave en el futuro. Para una mente así constituida, esta última consideración es un tormento. Jamás, sé que nunca conoceré la naturaleza de mis concepciones. Sin embargo, no hay que extrañarse de que estas concepciones sean indefinidas, ya que tienen su origen en fuentes completamente nuevas. Un nuevo sentido, una nueva entidad se incorpora a mi alma.

Hace ya mucho que pisé por primera vez la cubierta de este terrible navío, y pienso que los rayos de mi destino se están concentrando en un foco. Hombres incomprensibles, envueltos en meditaciones de una especie que no puedo adivinar, pasan frente a mí sin percatarse de mi presencia. Ocultarme es una locura, pues esa gente *no quiere ver*. Apenas hace un instante que pasé delante de los ojos del contramaestre, y no hace mucho tiempo me atreví a entrar en el camarote privado del capitán y cogí los materiales con que escribo esto y lo anterior. De vez en cuando seguiré escribiendo este diario. Es verdad que igual no encuentro oportunidad de darlo a conocer al mundo, pero no dejaré de intentarlo. En última instancia meteré el manuscrito en una botella y la arrojaré al mar.

Un incidente ocurrido me ha dado nuevos motivos de meditación. ¿Todas estas cosas ocurren por la acción de un azar ingobernable? Me había atrevido a subir a la cubierta y estaba tumbado, sin llamar la atención, en un montón de flechastes y viejas velas en el fondo de un bote. Mientras pensaba en lo singular de mi destino, iba pintarrajeando sin darme cuenta con una brocha embadurnada de brea los bordes de un ala de trinquete cuidadosamente doblada y colocada sobre un barril que había cerca. Ahora la vela está ya envergada y los toques irreflexivos de la brocha se despliegan formando la palabra *«descubrimiento»*.

Últimamente he hecho muchas observaciones sobre la estructura del navío. Aunque está bien armado, pienso que no es un buque de guerra. Sus jarcias, construcción y equipo general niegan esta suposición. Con facilidad puedo percibir lo que el barco *no es...,* me temo que no pueda decir lo que *es.* No sé cómo, pero, al examinar su extraño modelo y el tipo de sus mástiles, su enorme tamaño y su extraordinario velamen, su proa severamente sencilla y su anticuada popa, a veces cruza por mi mente una sensación de cosas familiares, y siempre con estas sombras del recuerdo se mezcla una inexplicable remembranza de antiguas crónicas extranjeras y de tiempos remotos.

Estuve mirando el maderamen del buque. Está construido con un material que desconozco. Hay en la madera algo peculiar, que me parece que la hace inservible para el propósito al cual se ha aplicado. Me refiero a su extrema *porosidad,* que no tiene nada que ver con los daños causados por la carcoma, que es consecuencia de la navegación por estos mares, ni con la podredumbre resultante de su edad. Quizá parezca una observación demasiado extraña, pero esta madera tendría todas las características del roble español, si el roble español fuera dilatado por medios artificiales.

Al leer la frase anterior me viene a mi memoria un curioso dicho de un viejo lobo de mar holandés, curtido por la intemperie. «Es tan seguro —afirmaba siempre que alguien ponía en duda su veracidad— como que hay un mar donde los barcos crecen como el cuerpo vivo de un marinero.»

Hace una hora me atreví a mezclarme con un grupo de tripulantes. No me hicieron ningún caso y, aunque estaba en el medio, no dieron señales de haber reparado en mi presencia. Igual que el primero que vi en la cala, todos mostraban las señales de una edad muy avanzada. Sus rodillas temblaban de debilidad, sus hombros se doblaban de decrepitud, su piel arrugada temblaba con el viento; hablaban en voz baja, trémula, quebrada; en sus ojos brillaba el humor de la vejez, y su pelo cano ondeaba terriblemente en la tempestad. A su alrededor, por toda la cubierta, se veían esparcidos instrumentos matemáticos de la más extraña y anticuada construcción.

Mencioné hace algún tiempo que un ala de trinquete había sido izada. Desde ese momento el barco, con el viento en popa, ha seguido su aterradora carrera hacia el sur, con todas las velas desplegadas, desde la galleta de mástil hasta las botavaras de arrastraderas, hundiendo a cada momento los penoles del juanete en el más asombroso infierno de agua que la mente del hombre puede imaginar. Acabo de abandonar el puente, donde me resulta imposible mantenerme de pie, aunque la tripulación no parece tener ningún inconveniente. A mí me resulta un milagro milagroso que nuestra enorme masa no sea tragada de una vez y para siempre. Seguramente estamos destinados a rondar siempre por el borde de la eternidad, sin precipitarnos finalmente en el abismo. Pasamos entre olas mil veces más gigantescas que las que he visto nunca con la facilidad de la rápida gaviota; las colosales aguas alzan sus cabezas sobre nosotros como demonios de la profundidad, pero son demonios limitados a simples amenazas y tienen prohibido destruir. Me siento inclinado a atribuir esta continua supervivencia a la única causa natural que puede explicar este efecto. Supongo que el barco está sometido a la influencia de una fuerte corriente o de una impetuosa resaca.

He visto al capitán cara a cara, y en su propio camarote, pero, como yo esperaba, no me prestó atención. Aunque a los ojos de un observador casual no haya nada en su apariencia que pueda parecer por encima o por debajo de lo humano…, un sentimiento de incontenible reverencia y temor se mezcló con el sentimiento de asombro con el que lo contemplaba. Tiene casi mi estatura, es decir, unos cinco pies ocho pulgadas. Su cuerpo es proporcionado y fuerte, sin ser robusto ni muy delgado. Pero la singularidad de la expresión de su cara, la intensa, la asombrosa, la estremecedora evidencia de una vejez tan absoluta, tan extrema, excitó mi espíritu con una sensación, con un sentimiento inefable. Su frente, apenas arrugada, parece llevar el sello de una miríada de años. Sus cabellos canos son crónicas del pasado, y sus ojos, aún más grises, son sibilas del futuro. El suelo del camarote estaba cubierto de extraños infolios con cierres de hierro, estropeados instrumentos científicos y obsoletas y viejísimas cartas de navegación. El capitán tenía la cabeza inclinada, apoyada en las manos, y estudiaba con encendidos e inquietos ojos un papel que tomé por una comisión y que, en todo caso, llevaba la firma de un monarca. Murmuraba para sí, como había hecho el primer marinero que vi en la cala, palabras confusas y malhumoradas en una lengua extranjera, y, aunque estaba a mi lado, su voz parecía llegar a mis oídos desde una milla de distancia.

El barco y todos los que navegan en él están impregnados por el espíritu de la Vejez. Los tripulantes se deslizan de un lado a otro como espectros de siglos sepultados; sus ojos reflejan un pensamiento ansioso e intranquilo, y cuando sus dedos se iluminan bajo el desolado resplandor de las linternas de combate, me siento como no me he sentido nunca, aunque durante toda mi vida me han interesado mucho las antigüedades y me quedé embelesado con las sombras de las columnas rotas de Baalbek, de Tadmor y de Persépolis, hasta que mi alma se convirtió en una ruina.

Cuando miro a mi alrededor, me siento avergonzado de mis aprensiones anteriores. Si temblé ante el huracán que nos persiguió hasta ahora, ¿cómo no me voy a quedar horrorizado ante el asalto de un viento y de un océano para los que las palabras tornado y tempestad resultan insignificantes e ineficaces? Alrededor del barco sólo reina la oscuridad de la noche eterna y un caos de agua sin espuma; pero a una legua a cada lado pueden verse a intervalos y confusamente enormes murallas de hielo, que se alzan hasta el desolado cielo y parecen las paredes del universo.

Como había imaginado, el barco está en una corriente, si se puede dar ese nombre a una marea que, bramando y aullando entre las paredes del blanco hielo, corre hacia el sur con la velocidad de una catarata que se precipita al abismo.

Supongo que es absolutamente imposible concebir el horror de mis sensaciones; sin embargo la curiosidad de penetrar en los misterios de estas espantosas regiones predomina sobre mi desesperación, y me reconcilia con la más horrorosa apariencia de la muerte. Es evidente que nos apresuramos hacia un apasionante descubrimiento, un secreto imposible de comunicar, pues su conocimiento entraña la destrucción. Quizá esta corriente nos conduce al polo sur. He de confesar que una suposición aparentemente tan alocada tiene todas las probabilidades a su favor.

La tripulación recorre el puente con pasos inquietos y vacilantes, pero noto en sus rostros una expresión más propia de la vehemencia de la esperanza que de la apatía de la desesperanza.

Mientras tanto sigue el viento de popa y, como llevamos todas las velas desplegadas, a veces el barco se levanta en vilo sobre el mar... ¡Horror de horrores! El hielo acaba de abrirse a la derecha y a la izquierda, y estamos girando vertiginosamente en enormes círculos concéntricos, bordeando un gigantesco anfiteatro, cuyas paredes se pierden hacia arriba en la oscuridad y la distancia. Me queda poco tiempo para pensar en mi destino. Rápidamente se están reduciendo los círculos..., nos precipitamos en el torbellino... y entre el rugir, el bramar y el tronar del océano y de la tempestad el barco se estremece... ¡Dios mío..., se hunde!

---

[1] "Quien no tiene más que un momento para vivir, / nada tiene que disimular". [Philippe Quinault (1635-1688)].

NOTA. El *Manuscrito hallado en una botella* se publicó por primera vez en 1831 [1833], y sólo muchos años después conocí los mapas de Mercator, en los que el océano se representa como precipitándose por cuatro bocas en el golfo Polar (Norte), para ser absorbido en las entrañas de la tierra. El polo se representa con una roca negra, que se eleva a una altura prodigiosa. (E. A. P.)

EL ENTIERRO PREMATURO

Hay ciertos temas de interés absorbente, pero demasiado horribles para ser objeto de una obra de ficción. El buen escritor romántico debe evitarlos si no quiere ofender o ser desagradable. Sólo se tratan con propiedad cuando lo grave y majestuoso de la verdad los santifican y sostienen. Nos estremecemos, por ejemplo, con el más intenso «dolor agradable» ante los relatos del paso del Beresina, del terremoto de Lisboa, de la peste de Londres y de la matanza de San Bartolomé o de la muerte por asfixia de los ciento veintitrés prisioneros en el Agujero Negro de Calcuta. Pero en estos relatos lo excitante es el hecho, la realidad, la historia. Como ficciones, nos parecerían sencillamente abominables.

He mencionado algunas de las más destacadas y augustas calamidades que registra la historia, pero en ellas el alcance, no menos que el carácter de la calamidad, es lo que impresiona tan vivamente la imaginación. No necesito recordar al lector que, del largo y horrible catálogo de miserias humanas, podría haber escogido muchos ejemplos individuales más llenos de sufrimiento esencial que cualquiera de esos inmensos desastres generales. La verdadera desdicha, la aflicción última, en realidad es particular, no difusa. ¡Demos gracias a Dios misericordioso que los horrorosos extremos de agonía los sufra el hombre individualmente y nunca en masa!

Ser enterrado vivo es, sin ningún género de duda, el

más terrorífico extremo que jamás haya caído en suerte a un simple mortal. Que le ha caído en suerte con frecuencia, con mucha frecuencia, nadie con capacidad de juicio lo negará. Los límites que separan la vida de la muerte son, en el mejor de los casos, borrosos e indefinidos. ¿Quién podría decir dónde termina uno y dónde empienza el otro? Sabemos que hay enfermedades en las que se produce un cese total de las funciones aparentes de la vida, y, sin embargo, ese cese no es más que una suspensión, para llamarle por su nombre. Hay sólo pausas temporales en el incomprensible mecanismo. Transcurrido cierto período, algún misterioso principio oculto pone de nuevo en movimiento los mágicos piñones y las ruedas fantásticas. La cuerda de plata no quedó suelta para siempre, ni irreparablemente roto el vaso de oro. Pero, entretanto, ¿dónde estaba el alma?

Sin embargo, aparte de la inevitable conclusión a priori de que tales causas deben producir tales efectos, de que los bien conocidos casos de vida en suspenso, una y otra vez, provocan inevitablemente entierros prematuros, aparte de esta consideración, tenemos el testimonio directo de la experiencia médica y del vulgo que prueba que en realidad tienen lugar un gran número de estos entierros. Yo podría referir ahora mismo, si fuera necesario, cien ejemplos bien probados. Uno de características muy asombrosas, y cuyas circunstancias igual quedan aún vivas en la memoria de algunos de mis lectores, ocurrió no hace mucho en la vecina ciudad de Baltimore, donde causó una conmoción penosa, intensa y muy extendida. La esposa de uno de los más respetables ciudadanos —abogado eminente y miembro del Congreso— fue atacada por una repentina e inexplicable enfermedad, que burló el ingenio de los médicos. Después de padecer mucho murió, o se supone que murió. Nadie sospechó, y en realidad no había motivos para hacerlo, de que no estaba verdaderamente muerta. Presentaba todas las apariencias comunes de la muerte. El rostro tenía el habitual contorno contraído y sumido. Los labios mostraban la habitual palidez marmórea. Los ojos no tenían brillo. Faltaba el calor. Cesaron las pulsaciones. Durante tres días el cuerpo estuvo sin enterrar, y en ese tiempo adquirió una rigidez pétrea. Resumiendo, se adelantó el funeral por el rápido avance de lo que se supuso era descomposición.

La dama fue depositada en la cripta familiar, que permaneció cerrada durante los tres años siguientes. Al expirar ese plazo se abrió para recibir un sarcófago, pero, ¡ay, qué terrible choque esperaba al marido cuando abrió personalmente la puerta! Al empujar los portones, un objeto vestido de blanco cayó rechinando en sus brazos. Era el esqueleto de su mujer con la mortaja puesta.

Una cuidadosa investigación mostró la evidencia de que había revivido a los dos días de ser sepultada, que sus luchas dentro del ataúd habían provocado la caída de éste desde una repisa o nicho al suelo, y al romperse el féretro pudo salir de él. Apareció vacía una lámpara que accidentalmente se había dejado llena de aceite, dentro de la tumba; puede, no obstante, haberse consumido por evaporación. En los peldaños superiores de la escalera que descendía a la espantosa cripta había un trozo del ataúd, con el cual, al parecer, la mujer había intentado llamar la atención golpeando la puerta de hierro. Mientras hacía esto, probablemente se desmayó o quizá murió de puro terror, y al caer, la mortaja se enredó en alguna pieza de hierro que sobresalía hacia dentro. Allí quedó y así se pudrió, erguida.

En el año 1810 tuvo lugar en Francia un caso de inhumación prematura, en circunstancias que contribuyen mucho a justificar la afirmación de que la verdad es más extraña que la ficción. La heroína de la historia era *mademoiselle* [señorita] Victorine Lafourcade, una joven de ilustre familia, rica y muy guapa. Entre sus numerosos pretendientes se contaba Julien Bossuet, un pobre *littérateur* [literato] o periodista de París. Su talento y su amabilidad habían despertado la atención de la heredera, que, al parecer, se había enamorado realmente de él, pero el orgullo de casta la llevó por fin a rechazarlo y a casarse con un tal *monsieur* [señor] Rénelle, banquero y diplomático de cierto renombre. Después del matrimonio, sin embargo, este caballero descuidó a su mujer y quizá llegó a pegarla. Después de pasar unos años desdichados ella murió; al menos su estado se parecía tanto al de la muerte que engañó a todos quienes la vieron. Fue enterrada, no en una cripta, sino en una tumba común, en su aldea natal. Desesperado y aún inflamado por el recuerdo de su cariño profundo, el enamorado viajó de la capital a la lejana provincia donde se encontraba la aldea, con el romántico propósito de desenterrar el cadáver y apoderarse de sus preciosos cabellos. Llegó a la tumba. A medianoche desenterró el ataúd, lo abrió y, cuando iba a cortar los cabellos, se detuvo ante los ojos de la amada, que se abrieron. La dama había sido enterrada viva. Las pulsaciones vitales no habían desaparecido del todo, y las caricias de su amado la despertaron de aquel letargo que equivocadamente había sido confundido con la muerte. Desesperado, el joven la llevó a su alojamiento en la aldea. Empleó unos poderosos reconstituyentes aconsejados por sus no pocos conocimientos médicos. En resumen, ella revivió. Reconoció a su salvador. Permaneció con él hasta que lenta y gradualmente recobró la salud. Su corazón no era tan duro, y esta última lección de amor bastó para ablandarlo. Lo entregó a Bossuet. No volvió junto a su marido, sino que, ocultando su resurrección, huyó con su amante a América. Veinte años después, los dos regresaron a Francia, convencidos de que el paso del tiempo había cambiado tanto la apariencia de la dama, que sus amigos no podrían reconocerla. Pero se equivocaron, pues al primer encuentro monsieur Rénelle reconoció a su mujer y la reclamó. Ella rechazó la reclamación y el tribunal la apoyó, resolviendo que las extrañas circunstancias y el largo período transcurrido habían abolido, no sólo desde un punto de vista equitativo, sino legalmente la autoridad del marido.

La *Revista de Cirugía* de Leipzig, publicación de gran autoridad y mérito, que algún editor americano haría bien en traducir y publicar, relata en uno de los últimos números un acontecimiento muy penoso que presenta las mismas características.

Un oficial de artillería, hombre de gigantesca estatura y salud excelente, fue derribado por un caballo indomable y sufrió una contusión muy grave en la cabeza, que le dejó inconsciente. Tenía una ligera fractura de cráneo, pero no se percibió un peligro inmediato. La trepanación se hizo con éxito. Se le aplicó una sangría y se adoptaron otros muchos remedios comunes. Pero cayó lentamente en un sopor cada vez más grave y por fin se le dio por muerto.

Hacía calor y lo enterraron con prisa indecorosa en uno de los cementerios públicos. Sus funerales tuvieron lugar un jueves. Al domingo siguiente, el parque del cementerio, como de costumbre, se llenó de visitantes, y alrededor del mediodía se produjo un gran revuelo, provocado por las palabras de un campesino que, habiéndose sentado en la tumba del oficial, había sentido removerse la tierra, como si alguien estuviera luchando abajo. Al principio nadie prestó demasiada atención a las palabras de este hombre, pero su evidente terror y la terca insistencia con que repetía su historia produjeron, al fin, su natural efecto en la muchedumbre. Algunos con rapidez consiguieron unas palas, y la tumba, vergonzosamente superficial, estuvo en pocos minutos tan abierta que dejó al descubierto la cabeza de su ocupante. Daba la impresión de que estaba muerto, pero aparecía casi sentado dentro del ataúd, cuya tapa, en furiosa lucha, había levantado parcialmente.

Inmediatamente lo llevaron al hospital más cercano, donde se le declaró vivo, aunque en estado de asfixia. Después de unas horas volvió en sí, reconoció a algunas personas conocidas, y con frases inconexas relató sus agonías en la tumba.

Por lo que dijo, estaba claro que la víctima mantuvo la concienca de vida durante más de una hora después de la inhumación, antes de perder los sentidos. Habían rellenado la tumba, sin percatarse, con una tierra muy porosa, sin aplastar, y por eso le llegó un poco de aire. Oyó los pasos de la multitud sobre su cabeza y a su vez trató de hacerse oír. El tumulto en el parque del cementerio, dijo, fue lo que seguramente lo despertó de un profundo sueño, pero al despertarse se dio cuenta del espantoso horror de su situación.

Este paciente, según cuenta la historia, iba mejorando y parecía encaminado hacia un restablecimiento definitivo, cuando cayó víctima de la charlatanería de los experimentos médicos. Se le aplicó la batería galvánica y expiró de pronto en uno de esos paroxismos estáticos que en ocasiones produce.

La mención de la batería galvánica, sin embargo, me trae a la memoria un caso bien conocido y muy extraordinario, en que su acción resultó ser la manera de devolver la vida a un joven abogado de Londres que estuvo enterrado dos días. Esto ocurrió en 1831, y entonces causó profunda impresión en todas partes, donde era tema de conversación.

El paciente, el señor Edward Stapleton, había muerto, aparentemente, de fiebre tifoidea acompañada de unos síntomas anómalos que despertaron la curiosidad de sus médicos. Después de su aparente fallecimiento, se pidió a sus amigos la autorización para un examen *post-mortem* [autopsia], pero éstos se negaron. Como sucede a menudo ante estas negativas, los médicos decidieron desenterrar el cuerpo y examinarlo a conciencia, en privado. Fácilmente llegaron a un arreglo con uno de los numerosos grupos de ladrones de cadáveres que abundan en Londres, y la tercera noche después del entierro el supuesto cadáver fue desenterrado de una tumba de ocho pies de profundidad y depositado en el quirófano de un hospital privado.

Al practicársele una incisión de cierta longitud en el abdomen, el aspecto fresco e incorrupto del sujeto sugirió la idea de aplicar la batería. Hicieron sucesivos experimentos con los efectos acostumbrados, sin nada de particular en ningún sentido, salvo, en una o dos ocasiones, una apariencia de vida mayor de la norma en cierta acción convulsiva.

Era ya tarde. Iba a amanecer y se creyó oportuno, al fin, proceder inmediatamente a la disección. Pero uno de los estudiosos tenía un deseo especial de experimentar una teoría propia e insistió en aplicar la batería a uno de los músculos pectorales. Tras realizar una tosca incisión, se estableció apresuradamente un contacto; entonces el paciente, con un movimiento rápido pero nada convulsivo, se levantó de la mesa, caminó hacia el centro de la habitación, miró intranquilo a su alrededor unos instantes y entonces… habló. Lo que dijo fue ininteligible, pero pronunció algunas palabras, y silabeaba claramente. Después de hablar, se cayó pesadamente al suelo.

Durante unos momentos todos se quedaron paralizados de espanto, pero la urgencia del caso pronto les devolvió la presencia de ánimo. Se vio que el señor Stapleton estaba vivo, aunque sin sentido. Después de administrarle éter volvió en sí y rápidamente recobró la salud, retornando a la sociedad de sus amigos, a quienes, sin embargo, se les ocultó toda noticia sobre la resurrección hasta que ya no se temía una recaída. Es de imaginar la maravilla de aquéllos y su extasiado asombro.

El dato más espeluznante de este incidente, sin embargo, se encuentra en lo que afirmó el mismo señor Stapleton. Declaró que en ningún momento perdió todo el sentido, que de un modo borroso y confuso percibía todo lo que le estaba ocurriendo desde el instante en que fuera declarado *muerto* por los médicos hasta cuando cayó desmayado en el piso del hospital. «Estoy vivo», fueron las incomprendidas palabras que, al reconocer la sala de disección, había intentado pronunciar en aquel grave instante de peligro.

Sería fácil multiplicar historias como éstas, pero me abstengo, porque en realidad no nos hacen falta para establecer el hecho de que suceden entierros prematuros. Cuando reflexionamos, en las raras veces en que, por la naturaleza del caso, tenemos la posibilidad de descubrirlos, debemos admitir que tal vez ocurren *más frecuentemente* de lo que pensamos. En realidad, casi nunca se han removido muchas tumbas de un cementerio, por alguna razón, sin que aparecieran esqueletos en posturas que sugieren la más espantosa de las sospechas.

La sospecha es espantosa, pero es más espantoso el destino. Puede afirmarse, sin vacilar, que *ningún* suceso se presta tanto a llevar al colmo de la angustia física y mental como el enterramiento antes de la muerte. La insoportable opresión de los pulmones, las emanaciones sofocantes de la tierra húmeda, la mortaja que se adhiere, el rígido abrazo de la estrecha morada, la oscuridad de la noche absoluta, el silencio como un mar que abruma, la invisible pero palpable presencia del gusano vencedor; estas cosas, junto con los deseos del aire y de la hierba que crecen arriba, con el recuerdo de los queridos amigos que volarían a salvarnos si se enteraran de nuestro destino, y la conciencia de que *nunca* podrán saberlo, de que nuestra suerte irremediable es la de los muertos de verdad, estas consideraciones, digo, llevan el corazón aún palpitante a un grado de espantoso e insoportable horror ante el cual la imaginación más audaz retrocede. No conocemos nada tan angustioso en la Tierra, no podemos imaginar nada tan horrible en los dominios del más profundo Infierno. Y por eso todos los relatos sobre este tema despiertan un interés profundo, interés que, sin embargo, gracias a la temerosa reverencia hacia este tema, depende justa y específicamente de nuestra creencia en la *verdad* del asunto narrado. Lo que voy a contar ahora es mi conocimiento real, mi experiencia efectiva y personal.

Durante varios años sufrí ataques de ese extraño trastorno que los médicos han decidido llamar catalepsia, a falta de un nombre que mejor lo defina. Aunque tanto las causas inmediatas como las predisposiciones e incluso el diagnóstico de esta enfermedad siguen siendo misteriosas, su carácter evidente y manifiesto es bien conocido. Las variaciones parecen serlo, principalmente, de grado. A veces el paciente se queda un solo día o incluso un período más breve en una especie de exagerado letargo. Está inconsciente y externamente inmóvil, pero las pulsaciones del corazón aún se perciben débilmente; quedan unos indicios de calor, una leve coloración persiste en el centro de las mejillas y, al aplicar un espejo a los labios, podemos detectar una torpe, desigual y vacilante actividad de los pulmones. Otras veces el trance dura semanas e incluso meses, mientras el examen más municioso y las pruebas médicas más rigurosas no logran establecer ninguna diferencia material entre el estado de la víctima y lo que concebimos como muerte absoluta. Por regla general, lo salvan del entierro prematuro sus amigos, que saben que sufría anteriormente de catalepsia, y la consiguiente sospecha, pero sobre todo le salva la ausencia de corrupción. La enfermedad, por fortuna, avanza gradualmente. Las primeras manifestaciones, aunque marcadas, son inequívocas. Los ataques son cada vez más característicos y cada uno dura más que el anterior. En esto reside la mayor seguridad, de cara a evitar la inhumación. El desdichado cuyo *primer* ataque tuviera la gravedad con que en ocasiones se presenta, sería casi inevitablemente llevado vivo a la tumba.

Mi propio caso no difería en ningún detalle importante de los mencionados en los textos médicos. A veces, sin ninguna causa aparente, me hundía poco a poco en un estado de semisíncope, o casi desmayo, y ese estado, sin dolor, sin capacidad de moverme, o realmente de pensar, pero con una borrosa y letárgica conciencia de la vida y de la presencia de los que rodeaban mi cama, duraba hasta que la crisis de la enfermedad me devolvía, de repente, el perfecto conocimiento. Otras veces el ataque era rápido, fulminante. Me sentía enfermo, aterido, helado, con escalofríos y mareos, y, de repente, me caía postrado. Entonces, durante semanas, todo estaba vacío, negro, silencioso y la nada se convertía en el universo. La total aniquilación no podía ser mayor. Despertaba, sin embargo, de estos últimos ataques lenta y gradualmente, en contra de lo repentino del acceso. Así como amanece el día para el mendigo que vaga por las calles en la larga y desolada noche de invierno, sin amigos ni casa, así lenta, cansada, alegre volvía a mí la luz del alma.

Pero, aparte de esta tendencia al síncope, mi salud general parecía buena, y no hubiera podido percibir que sufría esta enfermedad, a no ser que una peculiaridad de mi *sueño* pudiera considerarse provocada por ella. Al despertarme, nunca podía recobrar en seguida el uso completo de mis facultades, y permanecía siempre durante largo rato en un estado de azoramiento y perplejidad, ya que las facultades mentales en general y la memoria en particular se encontraban en absoluta suspensión.

En todos mis padecimientos no había sufrimiento físico, sino una infinita angustia moral. Mi imaginación se volvió macabra. Hablaba de «gusanos, de tumbas, de epitafios». Me perdía en meditaciones sobre la muerte, y la idea del entierro prematuro se apoderaba de mi mente. El espeluznante peligro al cual estaba expuesto me obsesionaba día y noche. Durante el primero, la tortura de la meditación era excesiva; durante la segunda, era suprema. Cuando las tétricas tinieblas se extendían sobre la tierra, entonces, presa de los más horribles pensamientos, temblaba, temblaba como las trémulas plumas de un coche fúnebre. Cuando mi naturaleza ya no aguantaba la vigilia, me sumía en una lucha que al fin me llevaba al sueño, pues me estremecía pensando que, al despertar, podía encontrarme metido en una tumba. Y cuando, por fin, me hundía en el sueño, lo hacía sólo para caer de inmediato en un mundo de fantasmas, sobre el cual flotaba con inmensas y tenebrosas alas negras la única, predominante y sepulcral idea.

De las innumerables imágenes melancólicas que me oprimían en sueños elijo para mi relato una visión solitaria. Soñé que había caído en un trance cataléptico de más duración y profundidad que lo normal. De repente una mano helada se posó en mi frente y una voz impaciente, farfullante, susurró en mi oído: «¡Levántate!».

Me incorporé. La oscuridad era total. No podía ver la figura del que me había despertado. No podía recordar ni la hora en que había caído en trance, ni el lugar en que me encontraba. Mientras seguía inmóvil, intentando ordenar mis pensamientos, la fría mano me agarró con fuerza por la muñeca, sacudiéndola con petulancia, mientras la voz farfullante decía de nuevo:

—¡Levántate! ¿No te he dicho que te levantes?

—¿Y tú —pregunté— quién eres?

—No tengo nombre en las regiones donde habito —replicó la voz tristemente—. Fui un hombre y soy un espectro. Era despiadado, pero soy digno de lástima. Ya ves que tiemblo. Me rechinan los dientes cuando hablo, pero no es por el frío de la noche, de la noche eterna. Pero este horror es insoportable. ¿Cómo puedes dormir *tú* tranquilo? No me dejan descansar los gritos de estas largas agonías. Estos espectáculos son más de lo que puedo soportar. ¡Levántate! Ven conmigo a la noche exterior, y deja que te muestre las tumbas. ¿No es este un espectáculo de dolor?… ¡Mira!

Miré, y la figura invisible que aún seguía apretándome la muñeca consiguió abrir las tumbas de toda la humanidad, y de cada una salían las irradiaciones fosfóricas de la descomposición, de forma que pude ver sus más escondidos rincones y los cuerpos amortajados en su triste y solemne sueño con el gusano. Pero, ¡ay!, los que realmente dormían, aunque fueran muchos millones, eran menos que los que no dormían en absoluto, y había una débil lucha, y había un triste y general desasosiego, y de las profundidades de los innumerables pozos salía el melancólico frotar de las vestiduras de los enterrados. Y, entre aquellos que parecían descansar tranquilos, vi que muchos habían cambiado, en mayor o menor grado, la rígida e incómoda postura en que fueron sepultados. Y la voz me habló de nuevo, mientras contemplaba:

—¿No es esto, ¡ah!, acaso un espectáculo lastimoso?

Pero, antes de que encontrara palabras para contestar, la figura había soltado mi muñeca, las luces fosfóricas se extinguieron y las tumbas se cerraron con repentina violencia, mientras de ellas salía un tumulto de gritos desesperados, repitiendo:

«¿No es esto, ¡Dios mío!, acaso un espectáculo lastimoso?»

Fantasías como ésta se presentaban por la noche y extendían su terrorífica influencia incluso en mis horas de vigilia. Mis nervios quedaron destrozados, y fui presa de un horror continuo. Ya no me atrevía a montar a caballo, a pasear, ni a practicar ningún ejercicio que me alejara de casa. En realidad, ya no me atrevía a fiarme de mí lejos de la presencia de los que conocían mi propensión a la catalepsia, por miedo de que, en uno de esos ataques, me enterraran antes de conocer mi estado realmente. Dudaba del cuidado y de la lealtad de mis amigos más queridos. Temía que, en un trance más largo de lo acostumbrado, se convencieran de que ya no había remedio. Incluso llegaba a temer que, como les causaba muchas molestias, quizá se alegraran de considerar que un ataque prolongado era la excusa suficiente para librarse definitivamente de mí. En vano trataban de tranquilizarme con las más solemnes promesas. Les exigía, con los juramentos más sagrados, que en ninguna circunstancia me enterraran hasta que la descomposición estuviera tan avanzada, que impidiese la conservación. Y aun así mis terrores mortales no hacían caso de razón alguna, no aceptaban ningún consuelo. Empecé con una serie de complejas precauciones. Entre otras, mandé remodelar la cripta familiar de forma que se pudiera abrir fácilmente desde dentro. A la más débil presión sobre una larga palanca que se extendía hasta muy dentro de la cripta, se abrirían rápidamente los portones de hierro. También estaba prevista la entrada libre de aire y de luz, y adecuados recipientes con alimentos y agua, al alcance del ataúd preparado para recibirme. Este ataúd estaba acolchado con un material suave y cálido y dotado de una tapa elaborada según el principio de la puerta de la cripta, incluyendo resortes ideados de forma que el más débil movimiento del cuerpo sería suficiente para que se soltara. Aparte de esto, del techo de la tumba colgaba una gran campana, cuya soga pasaría (estaba previsto) por un agujero en el ataúd y estaría atada a una mano del cadáver. Pero, ¡ay!, ¿de qué sirve la precaución contra el destino del hombre? ¡Ni siquiera estas bien urdidas seguridades bastaban para librar de las angustias más extremas de la inhumación en vida a un infeliz destinado a ellas!

Llegó una época —como me había ocurrido antes a menudo— en que me encontré emergiendo de un estado de total inconsciencia a la primera sensación débil e indefinida de la existencia. Lentamente, con paso de tortuga, se acercaba el pálido amanecer gris del día psíquico. Un desasosiego aletargado. Una sensación apática de sordo dolor. Ninguna preocupación, ninguna esperanza, ningún esfuerzo. Entonces, después de un largo intervalo, un zumbido en los oídos. Luego, tras un lapso de tiempo más largo, una sensación de hormigueo o comezón en las extremidades; después, un período aparentemente eterno de placentera quietud, durante el cual las sensaciones que se despiertan luchan por transformarse en pensamientos; más tarde, otra corta zambullida en la nada; luego, un súbito restablecimiento. Al fin, el ligero estremecerse de un párpado; e inmediatamente después, un choque eléctrico de terror, mortal e indefinido, que envía la sangre a torrentes desde las sienes al corazón. Y entonces, el primer esfuerzo por pensar. Y entonces, el primer intento de recordar. Y entonces, un éxito parcial y evanescente. Y entonces, la memoria ha recobrado tanto su dominio, que, en cierta medida, tengo conciencia de mi estado. Siento que no me estoy despertando de un sueño corriente. Recuerdo que he sufrido de catalepsia. Y entonces, por fin, como si fuera la embestida de un océano, el único peligro horrendo, la única idea espectral y siempre presente abruma mi espíritu estremecido.

Unos minutos después de que esta fantasía se apoderase de mí, me quedé inmóvil. ¿Y por qué? No podía reunir valor para moverme. No me atrevía a hacer el esfuerzo que desvelara mi destino, sin embargo algo en mi corazón me susurraba que *era seguro*. La desesperación —tal como ninguna otra clase de desdicha produce—, sólo la desesperación me empujó, después de una profunda duda, a abrir mis pesados párpados. Los levanté. Estaba oscuro, todo oscuro. Sabía que el ataque había terminado. Sabía que la situación crítica de mi trastorno había pasado. Sabía que había recuperado el uso de mis facultades visuales, y, sin embargo, todo estaba oscuro, oscuro, con la intensa y absoluta falta de luz de la noche que dura para siempre.

Intenté gritar, y mis labios y me lengua reseca se movieron convulsivamente, pero ninguna voz salió de los cavernosos pulmones, que, oprimidos como por el peso de una montaña, jadeaban y palpitaban con el corazón en cada inspiración laboriosa y difícil.

El movimiento de las mandíbulas, en el esfuerzo por gritar, me mostró que estaban atadas, como se hace con los muertos. Sentí también que yacía sobre una materia dura, y algo parecido me apretaba los costados. Hasta entonces no me había atrevido a mover ningún miembro, pero al fin levanté con violencia mis brazos, que estaban estirados, con las muñecas cruzadas. Chocaron con una materia sólida, que se extendía sobre mi cuerpo a no más de seis pulgadas de mi cara. Ya no dudaba de que reposaba al fin dentro de un ataúd.

Y entonces, en medio de toda mi infinita desdicha, vino dulcemente la esperanza, como un querubín, pues pensé en mis precauciones. Me retorcí e hice espasmódicos esfuerzos para abrir la tapa: no se movía. Me toqué las muñecas buscando la soga: no la encontré. Y entonces mi consuelo huyó para siempre, y una desesperación aún más inflexible reinó triunfante, pues no pude evitar percatarme de la ausencia de las almohadillas que había preparado con tanto cuidado, y entonces llegó de repente a mis narices el fuerte y peculiar olor de la tierra húmeda. La conclusión era irresistible. *No* estaba en la cripta. Había caído en trance lejos de casa, entre desconocidos, no podía recordar cuándo y cómo, y ellos me habían enterrado como a un perro, metido en algún ataúd común, cerrado con clavos, y arrojado bajo tierra, bajo tierra y para siempre, en alguna *tumba* común y anónima.

Cuando este horrible convencimiento se abrió paso con fuerza hasta lo más íntimo de mi alma, luché una vez más por gritar. Y este segundo intento tuvo éxito. Un largo, salvaje y continuo grito o alarido de agonía resonó en los recintos de la noche subterránea.

—Oye, oye, ¿qué es eso? —dijo una áspera voz, como respuesta.

—¿Qué diablos pasa ahora? —dijo un segundo.

—¡Fuera de ahí! —dijo un tercero.

—¿Por qué aúlla de esa manera, como un gato montés? —dijo un cuarto.

Y entonces unos individuos de aspecto rudo me sujetaron y me sacudieron sin ninguna consideración. No me despertaron del sueño, pues estaba completamente despierto cuando grité, pero me devolvieron la plena posesión de mi memoria.

Esta aventura ocurrió cerca de Richmond, en Virginia. Acompañado de un amigo, había bajado, en una expedición de caza, unas millas por las orillas del río James. Se acercaba la noche cuando nos sorprendió una tormenta. La cabina de una pequeña chalupa anclada en la corriente y cargada de tierra vegetal nos ofreció el único refugio asequible. Le sacamos el mayor provecho posible y pasamos la noche a bordo. Me dormí en una de las dos literas; no hace falta describir las literas de una chalupa de sesenta o setenta toneladas. La que yo ocupaba no tenía ropa de cama. Tenía una anchura de dieciocho pulgadas. La distancia entre el fondo y la cubierta era exactamente la misma. Me resultó muy difícil meterme en ella. Sin embargo, dormí profundamente, y toda mi visión —pues no era ni un sueño ni una pesadilla— surgió naturalmente de las circunstancias de mi postura, de la tendencia habitual de mis pensamientos, y de la dificultad, que ya he mencionado, de concentrar mis sentidos y sobre todo de recobrar la memoria durante largo rato después de despertarme. Los hombres que me sacudieron eran los tripulantes de la chalupa y algunos jornaleros contratados para descargarla. De la misma carga procedía el olor a tierra. La venda en torno a las mandíbulas era un pañuelo de seda con el que me había atado la cabeza, a falta de gorro de dormir.

Las torturas que soporté, sin embargo, fueron indudablemente iguales en aquel momento a las de la verdadera sepultura. Eran de un horror inconcebible, increíblemente espantosas; pero del mal procede el bien, pues su mismo exceso provocó en mi espíritu una reacción inevitable. Mi alma adquirió temple, vigor. Salí fuera. Hice ejercicios duros. Respiré aire puro. Pensé en más cosas que en la muerte. Abandoné mis textos médicos. Quemé el libro de Buchan. No leí más *Pensamientos nocturnos,* ni grandilocuencias sobre cementerios, ni cuentos de miedo como *éste.* En muy poco tiempo me convertí en un hombre nuevo y viví una vida de hombre. Desde aquella noche memorable descarté para siempre mis aprensiones sepulcrales y con ellas se desvanecieron los achaques catalépticos, de los cuales quizá fueran menos consecuencia que causa.

Hay momentos en que, incluso para el sereno ojo de la razón, el mundo de nuestra triste humanidad puede parecer el infierno, pero la imaginación del hombre no es Caratis para explorar con impunidad todas sus cavernas. ¡Ay!, la torva legión de los terrores sepulcrales no se puede considerar como completamente imaginaria, pero los demonios, en cuya compañía Afrasiab hizo su viaje por el Oxus, tienen que dormir o nos devorarán..., hay que permitirles que duerman, o pereceremos.

ÍNDICE

TÍTULOS DE LA COLECCIÓN